她的名字是

——著
趙南柱

——譯
張琪惠

目次

作家的話

從九歲的小女孩，到六十九歲的老奶奶，我總共聽了六十幾名女性的故事，以那些聲音為起點，撰寫這些小說。由衷感謝各位。我不會忘記記憶中的那些臉龐，那些欲言又止的聲音，以及凝結在眼眶、最終還是沒流下的眼淚。

相較於書寫的過程，我更享受聆聽的過程，但也感到心痛和煎熬。令我印象最深刻的是，有很多女性會先說「我沒什麼要特別說的話」、「我經歷的事根本算不了什麼」，然後淡然地開始說故事。雖然是經常發生的情節，卻也是特別的故事，偶爾也有需要特別的勇氣、覺悟和鬥爭的故事。就算不需要，這些本身就是有意義的故事。我希望能為更多女性記錄她們看似毫不特別、沒什麼大不了的生活，為她們說出這些遭遇。我相信，翻開書頁後，各位的故事也會展開。

二〇一八年春　趙南柱

第I部

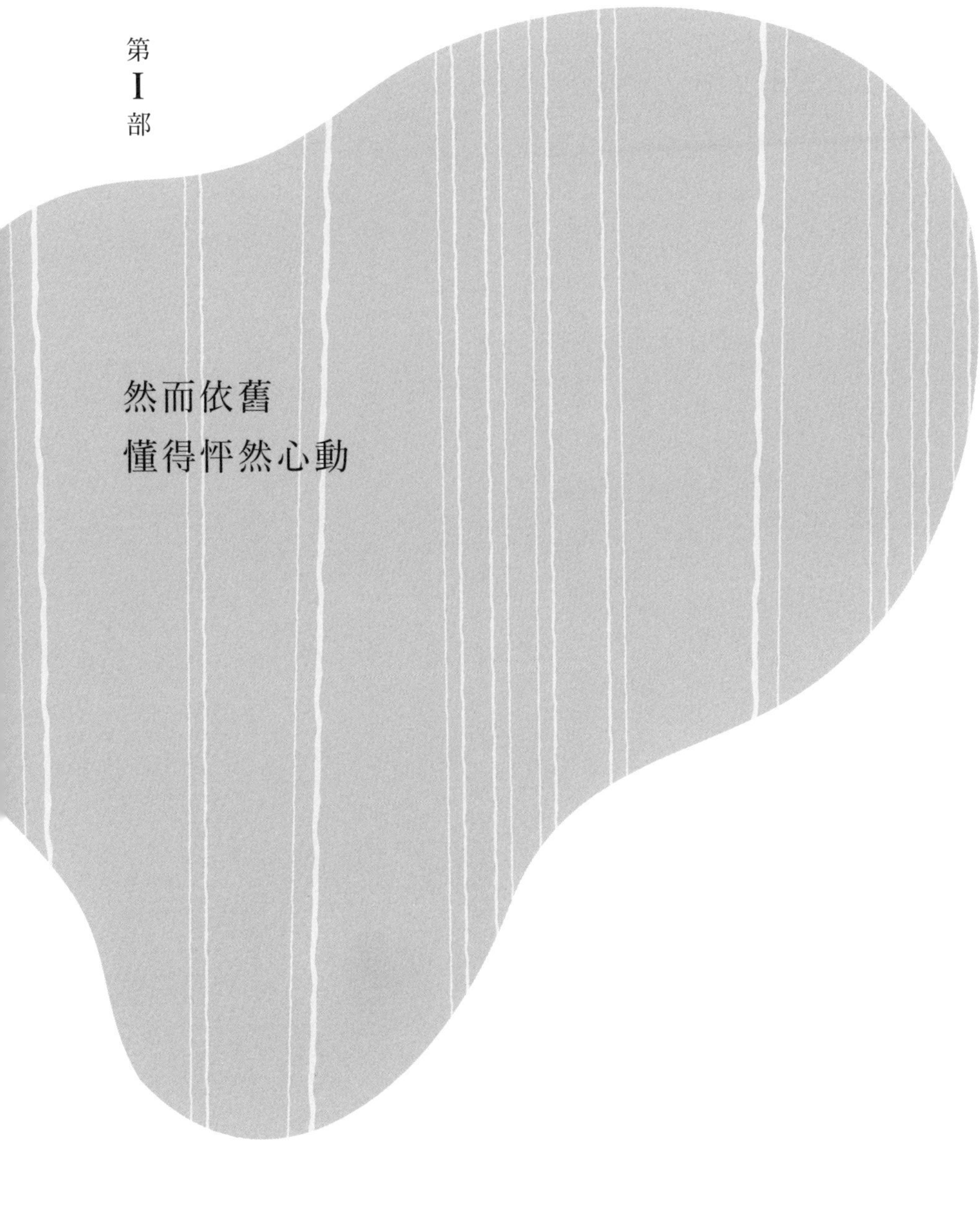

然而依舊
懂得怦然心動

第二個人

素珍是在二十多歲起，開始在某家公營企業的地方分公司工作。

對方是素珍的導師。雖然素珍已經有工作經驗，然而來到新公司之後，根據小組的師徒制傳統，素珍成為課長的直屬後輩，課長大她十歲。他常說在公司員工餐廳吃膩了，提議去外面吃午餐，於是帶著素珍外出，叫她不要有壓力，說反正是大白天，也不是要喝酒。大多是聊些工作上的事，關於私事的話題，就僅止於他對婚姻生活的不滿。到這裡為止，還不至於構成問題。某天晚上，公司聚餐結束後，他說**回去的路上順便送妳回家**，於是素珍和他共乘計程車，事情就是從那時開始的。在計程車後座，他開始毛手毛腳，素珍抗拒著說不要這樣，隨即下車甩開了他。自此之後，他開始評論素珍的妝容打扮；看螢幕和資料時、寫筆記或是開會時，會自然而然地把手放在素珍的手、肩膀、腰上。玩笑話也越來越過火，下班後常說我們見面吧！我很想妳，想要和妳成爲特別的關係。素珍進公司六個月時，覺得她再也無法忍受了。

素珍先用電子郵件向組長報告情況，因為她認為要留下證據。儘管組長並不打算息事寧人，卻回信說要懲戒或隔離課長並不容易，建議素珍可以換組。雖然她自己也想換組，但是不管怎麼想，她都覺得「受害者逃跑」這種事是不對的，即使不採取法律措施，她也希望至少公司能懲戒對方。可是，倘若事情被公開，她就很難像現在這樣上班。左思右想之後，素珍寫了封電子郵件，提出將課長調到其他組的請求，並要求組長正式面談。然而，事情卻朝著完全出乎素珍意料的方向發展。

組長毫無任何回應。素珍再次寫電子郵件給組長，卻依然石沉大海，也不接電話。素珍直接找組長，說有事要跟他談，組長卻藉口有約，倉促離開。之後她才知道，組長曾私下找過課長，拿出素珍寄的電子郵件，向他確認是否屬實。素珍並不清楚兩人之間談了些什麼，只能大略猜想，課長當然否認了對素珍的性騷擾和猥褻，還說了一些素珍的壞話。從那時開始，課長會在辦公室大聲指責素珍，丟給她許多處理不完的工作，還持續更改交辦的內容。如果素珍提出意見或問題，他就會高分貝怒吼，質疑她是不是討厭工作。要是不打招呼、電話接得晚了一些，或是露出不悅的神情，他也會無故發火。

素珍躲在廁所偷哭時，遇見了和課長同期的女前輩。前輩安撫哭紅雙眼的素珍，確認廁所內只有兩個人之後，叮囑了兩件事。一定要錄音存證；假如想要申訴，就不要離職，留在公司內。前輩還交代，假如有需要幫忙的地方，務必跟她聯絡。素珍仔細填寫工作日誌，向課長報告時也會用手機錄音，然後正式向人事組提出申訴。

人事組立刻訂下內部調查的日期。素珍收到通知後，在約定時間前往會議室，那時課長、組長、人事組長都已經就座了，三人都是男性。組長說，課長對後輩過於嚴格，素珍似乎因此過得很辛苦。課長接著說，素珍在從前的公司曾經談過辦公室戀情，離職後向勞動部陳情，才拿到積欠的薪資。人事組長表示彼此似乎有誤會，應該好好和解，試圖用這些話說服素珍。她沒辦法當場表達抗議，也沒辦法氣呼呼地踢桌子憤然離開，畢竟她光是和課長相處就已經夠畏怯了，偏偏其他兩人又站在課長這一邊。結果，素珍只回答我知道了，我會考慮看看，就草草結束調查。幸好素珍按照前輩的建議，將所有的情況錄音存證。

告訴素珍公司裡在傳奇怪流言的人，是一起進公司的同事。對方只是走在路上會彼此點頭致意的交情，從不曾私下聯絡或見面，這次卻特地打電話來。好像是有人故意散播謠言，同事考慮再三之後，才決定跟她聯絡。謠言中，素珍的前男友化身為有婦之夫，甚至還編故事說是素珍主動勾引對方，破壞家庭，有人通報公司之後，素珍無故曠班兩個月，卻因為向勞動部陳情，成功領到薪資。

素珍的手驚恐地顫抖著。同事接著說，還有謠言說這次也是素珍故意接近課長，要求用升遷和派遣至首爾為交換，當作息事寧人的條件。

素珍夜不能寐，食不下嚥，就連走在路上時，都會沒來由地嚎啕大哭。她覺得大家在刻意躲她，又懷疑這些不過是自己的幻想，於是更加痛苦不堪。素珍前往人事組，表示不願意和解，課長的行為是明確的職場性暴力，然而他毫不反省，不僅利用職位來壓迫素珍，還惡意中傷，素珍嚴正要求懲戒和隔離。

召開人事委員會時，素珍提出了日記、筆記、和課長聯絡的訊息，甚至還有錄音記錄。但是，委員會最後卻聲稱兩人敗壞公司內良風美俗，同樣處以三個月減薪處分。

素珍只好以職場性暴力為由，再次向勞動廳陳情，不料組長把素珍叫過去大發雷霆。他說明明就說得很清楚了，妳非得把事情搞成這樣嗎？罵她是社會不適應症、瘋子、精神病患，問她是不是連這些話都錄音了，冷嘲熱諷地說因爲怕被錄音，我可不敢和素珍小姐說話。還當著素珍的面安慰組長，怎麼會搞得這麼嚴重，就當作是消災，或是踩到狗屎……沒有人願意和素珍交談，也不指派任何工作給她。上班的路宛如地獄，只要來到公司，身體就彷彿要四分五裂，心臟高速跳動，又在某一瞬間突然哐一聲不斷墜落；還有一次，她就像被寬大的手掌摀住嘴巴般，快要喘不過氣來。素珍被診斷出恐慌障礙，請了病假。課長則和往常一樣去公司上班。

素珍不分晝夜獨自飲酒，終日以淚洗面。醫院交代藥不能和酒一起服用，然而只要兩者缺一，她就覺得難以忍受。父母安慰她說這不是妳的錯，正式申訴就已經做得很好了；還叮囑若只是暫時的，喝酒喝到酩酊大醉也沒關係，但千萬不要長期喝。素珍念在父母親的分上，認為自己不能倒下，於是戒酒，從此滴酒不沾。

她考慮是否要離職去旅行、去其他地方找別的工作，或是趁這次的機會繼續升學。就在這幾個選項之間煩惱的時候，勞動廳的陳情結果出來了，指示要懲戒加害者。可是，公司始終沒有遵從。素珍心想，不管是贏是輸，是時候結束這場戰爭了。

素珍想起，她以前也在職場、學校、社團、自己所屬的大大小小的團體內，讀過告發性暴力的文章。看到這些文章，素珍回想起自己聽說過的暴力事件，有些是當時尚未意識到的，有些則是自己冷眼旁觀。過去雖然曾在網路上連署，也參加過一些小額募款，卻沒有關注後續發展。

後來到底怎麼樣了呢？進一步了解之後，她才發現，幾乎沒有加害者付出相應的代價。那些採取最後手段、選擇曝光的被害者，反而以毀損名譽、侮辱、誣告等罪名遭到反告，持續著艱辛的戰鬥。

明明知道會這樣，素珍還是選擇在入口網站的討論區以及自己的SNS❶帳號上公開一切，將事件經過到公司採取的措施全部曝光。在這段期間，假如制度、規範、常識中有任何一項順利發揮應有的功能，她也不至於採取這種激進的手段。建議她錄音的前輩打電話來，表示可以介紹她認識先前因類似事件離職的舊員工；前輩和一名組員也寫了目擊課長性騷擾的陳述書。素珍上傳的文章迅速傳開。她聯繫上某個女性團體，對方介紹了可靠的律師，向公司和加害者採取民事與刑事程序。此外，也遮住臉孔和聲音，接受新聞媒體的直接採訪。

素珍的一切被瘋狂流傳，每個採訪報導底下，都有極為惡意的留言。正在當記者的大學同學不知從何打聽到她的號碼，打電話給她，雖然她回答得有些不耐煩，但還是全程錄音在新聞中播出了。此時，公司才規勸和解，也表示課長正在準備訴訟。

若說不後悔，那是騙人的。素珍每一天，無時無刻不在後悔。一梳頭髮就會大把大把地掉，一吃東西就會噁心嘔吐，勉強靠著打點滴和營養劑撐下去。媽媽怕素珍想不開，每晚鋪被子睡在素珍床邊。素珍一再問律師、問前輩、問家人，若是現在放棄的話，會不會比較好？大家都說，最重要的是受害當事人的意見，要是真的太辛苦，就到此為止也沒關係。然而，素珍卻無法放棄。

❶ SNS，即社交網路（Social Network Site），在韓國泛指各種社交網站或軟體，例如推特（Twitter）、Facebook 等。

同樣被課長性騷擾、後來離職的員工，一看到素珍就說對不起，自責地說：如果當時自己不選擇不了了之，素珍就不會遇到相同的事了。當然素珍並不怪她，可是，她沒辦法成為第二個默默當作沒這回事的人。因為，她不希望有第三個、第四個、第五個受害者出現。

娜莉與我

我最疼愛的後輩娜莉二十九歲，擔任電視廣播編劇已經第二年。

嘎嘟！

是娜莉的手機。剛開始我也不懂，在這種許多人一起工作的空間，她為什麼不把手機調成震動，而是設定成鈴聲。有一天娜莉吃飯吃到一半，著急地打電話說：「對不起，我沒聽到手機鈴聲。」看到這副模樣，我才了解，這是不能錯過任何一通電話的時刻。我也會這樣，萬一我漏接了演出人員、製作人、前輩姊姊的電話，也會感到惶恐不安。我故意開朗地問：

「是相親的男生嗎？」

「還沒去相親，所以正確來說，是『預計』要相親的男生。」

娜莉和對方傳了一個月的簡訊，還沒見過面。這段期間，娜莉取消過兩次約會。奇怪的是工作不太順利，好不容易邀到的藝人竟然在錄影前天開了天窗。那星期六本來是約好要聯誼的日子，偏偏娜莉和我頻繁加班，也沒有週末可言，過得異常辛苦。

娜莉目不轉睛地看著我，突然問：

「姊姊！我能結婚嗎？」

「怎麼了？妳想結婚嗎？」

「也不是非結不可。最近我常這樣想，我連相親的時間都沒有，還有時間談戀愛嗎？有時間結婚嗎？平凡的生活是什麼樣子呢？」

我做自己想做的工作維持生計，雖然疲憊，然而我對於現在的生活相當滿意，我能上研究所繼續讀書，並且和兩隻懶洋洋的貓咪同居。但我從來沒經歷過娜莉所謂的「平凡的生活」，不太確定該怎麼回答她。

娜莉是先前在選秀節目時，來協助實況轉播的新進編劇。以這一行的說法，就是她聰明伶俐、很討人喜歡，因此我們才把她挖角到現在的料理節目。我說服她，雖然料理節目已經退燒了，但還是實際做過一次比較好。節目的內容是讓知名人士介紹私藏食譜，但實際上幾乎沒有來賓真的拿出特別的食譜來上節目。每個人都有自己獨特的工作方式，娜莉也調查了烹飪法、營養成分和適合的菜單。如果我們可以自由準備菜單內容，那真的是萬幸，不過有一些來賓會特別交代要準備自己想吃的食物、昂貴的食物，這次的醫生就是這樣。

擔任節目來賓的醫生說他近來很熱愛泰國菜，所以一定要做泰國料理。於是，娜莉根據節目諮詢料理研究家的建議，準備放了蛤蜊的海鮮米粉和春捲沙拉。娜莉在錄影的四天前，就用郵件寄送那天的劇本和食譜給醫生，他卻偏偏在當天會議時，才表示對菜單不滿意。

「怎麼會是常見的米粉啊？把那種東西當作我專屬的食譜，那我豈不是很沒面子？」

他當著會議中那麼多人的面，特地針對娜莉說。故意挑了這裡最沒有發言權的人。我正考慮是否該起身阻攔，還是要給娜莉出面解決的機會，娜莉嘴角顫抖著說：

「米粉裡會加蛤蜊，是適合我們的口味。對觀眾來說，也能兼具創新跟親切感。」

「所以說了！又不是刀削麵，怎麼會放蛤蜊呢？會不會太搞笑啊？」

娜莉頓時啞口無言，最後還是由我出面打圓場。

「像老師您這種有冷酷形象的人，只要圍上圍裙，就算什麼都不做也很帥，這樣就已經有畫面出來了。菜單有什麼重要的？」

要說服到了這個年紀、這種輩分還鬧彆扭的來賓，最好的方法是加以吹捧、阿諛奉承。儘管我覺得很丟臉，可是我也不能毀掉已經準備好的錄影。

好不容易才說服他開始錄影，這次卻停水了。在攝影棚製作食物的工作變多以後，電視公司會另行準備有烹飪設備的攝影棚，不過因為都是簡易裝置，偶爾會出一些小狀況。現場導演衝去找設備負責人，我則調整錄影順序，變更為油炸事先捲好的春捲。娜莉趁著熱油時，緊急在來賓的提示板上寫下修改內容。突發狀況已成為日常的一部分。瓦斯跟水也會出狀況，諸如錄影當天食材突然無法送達、烹飪時間超過預期等，這類的狀況多到數也數不清。只要遇到這種突發事件，我會變更節目組成或攝影順序，娜莉則快速地追加邀請來賓、準備道具等。

錄影期間也會得到工作人員的反饋，因為他們是第一個觀眾。攝影導演和來賓在幾個橋段會哄然大笑，引頸企盼地表示有興趣或是舔嘴唇，然而娜莉卻在發呆，似乎是因為一直忙於東奔西跑、收拾善後，終於放鬆下來之後，反而什麼都感覺不到。原本對米粉不滿意的來賓，欲罷不能地吃著加了滿滿蛤蜊的煮米粉。

我回到辦公室，泡了一杯即溶咖啡。娜莉要整理攝影棚，很晚才上來。就在我感到疲憊，溫熱的咖啡也讓人昏昏欲睡之際，製作人對著娜莉說：

「娜莉呀！給我一杯咖啡，妳知道的吧？我要放兩包，幫我泡濃一點。」

照理來說，不能對編劇交代任何私人的吩咐，包括泡咖啡也是。我們組的資料都是用電子郵件發送，各自列印後帶過來。但是，每當辛苦完成錄影後，製作人常會拜託娜莉泡咖啡。我很想站出來說自己的咖啡自己泡，可是拒絕一個疲憊又敏感的人並不是件容易的事。

我剛入行時，新進編劇替製作人和主要編劇處理個人雜務是理所當然的。吃午餐回來的路上要幫忙買三明治，既然如此，我索性稍微繞一點路，去買喜歡的三明治，也順道去拿送修的皮鞋，有時還會去圖書館借論文需要的書。雖然這種風氣已經逐漸改變，但實際上還沒完全消失。只不過是一杯咖啡，不曉得要煩惱到什麼時候。

然而，許多編劇連一張合約書都沒有，在不清楚工作內容、時間和待遇的情況下，就開始工作了。萬一節目突然停播，或是編制改變被解雇，也沒有救濟方法。要是確認詳細的業務條件，想要協商，就會被說是沒有熱情的編劇。當娜莉接受新節目的提議時，詢問待遇，也曾聽到「妳是為了賺錢來工作的嗎」這類批評。娜莉每週工作七天，熬夜已成家常便飯，她的薪水是一百二十萬韓圓❷。沒有交通津貼和餐費津貼。

「娜莉呀！我們去真正美味又有名的昂貴泰國餐廳吧！就我們兩個聚餐。」

我們都一樣疲憊又敏感，所以娜莉才更傷心，我想解開她的心結。只不過，那天我們最後還是沒去成泰國餐廳，因為娜莉的工作沒做完。助理導演做完臨時編輯後，娜莉淡然地說要回家換個衣服，準備明天的錄影。

本來一週會有一天不錄影，然而基於演出者的關係，這次安排了連續兩天錄影。由於負擔不了計程車費，娜莉說要在值班室小睡片刻，等到公車開始行駛的時間再回家一趟。我塞給她幾張萬元鈔票。

「妳坐計程車去吧！」

希望我做得對。畢竟，這不是前輩覺得心疼、請吃飯、給計程車費就能解決的問題。

工作非常有趣。光看電視節目，很難體會到錄影現場的真正氣氛。做電視節目的工作，遇見的人大致上都活力充沛，一旦體驗過他們打造出來的生氣、活力與興奮，就會像上了癮般無法離開。時間表總是排得很緊湊，雖然工作環境惡劣，但每次創作出一集節目時，都有難以用言語形容的成就感。我和娜莉似乎都無法辭掉這個工作。只是，這個有成就感又有趣的工作，要是也能拿到適當的報酬，那該有多好。

我告訴自己，千萬不要成為說我也是那樣，當年我們都是這樣熬過來這種話的主要編劇。可是，光憑這些還是不夠。我不要只成為「不說不該說的話」的人，更要成為「說該說的話」的人。我今天吞下肚的話，不是別人能代替我說的話。

❷ 約合台幣三萬多元。

給她

她的雙頰，散發著水蜜桃般的光澤。穿著超短網球裙和及膝襪，輕輕抖動肩膀，轉過身去，朝攝影機露屁股。臉上卻完全不笑。從那張漫不經心的臉龐上，珠慶讀出了慾望、意志、抵抗、悔恨和疲倦。她的髮絲散落下來，遮住臉龐，自然地用右手撥開。呼，珠慶不知不覺的深吸一口氣。暫時屏息，就好像心臟要停止一般。

有一瞬間，迷路徘徊的靈魂找到身體，咻地一聲回來了。珠慶迷戀上那張面無表情的臉蛋、傾瀉的秀髮，以及指節稍粗的手指。

每當在喜劇節目中，在這種橋段看到用放煙火的場面來表現激烈的情緒時，珠慶雖然會大笑，卻認為這不過是種雙方心照不宣的B級幽默。然而現在，那串鞭炮卻以珠慶的心臟為中心，觸動著左胸、肋骨和心窩，劈劈啪啪地爆開來了。

剛開始就像是一口氣吃下一大堆跳跳糖，然後規模擴大成在漢江腹地看過的、天然色澤的絢爛火花。珠慶承認，在人的心中，偶爾也會有煙火爆炸。盡可能平撫情緒後，珠慶詢問躺在身邊的妹妹：

「是新人嗎？」

「她們嗎？不是。已經出道一陣子了。是叫什麼名字呢？最近有很多類似的團體。」

歌曲播畢，字幕上出現了曲名和團體名稱。珠慶從口袋裡拿出智慧型手機，轉過身去，不讓妹妹看見螢幕，因為她不想被看穿心思。她在搜尋頁面輸入團體名稱，依序出現六位成員的照片，珠慶用顫抖的食指點選了她的照片。

那個人的名字叫ONE，還出現了出生年、身高、體重、所屬公司、學歷、得獎經歷，也連結到SNS帳號。點進SNS，只有兩張上台前拍的自拍照，寫了日期和地點，並沒有其他貼文。原來是沉默寡言的類型。出道已經四年了，也得了許多獎，成員不算太陌生。

可是，在這段期間，珠慶為什麼不認識ONE呢？為什麼就是沒注意到這個團體呢？儘管訝異，不過珠慶心想，無論是何種關係，到了對的時間點總會發生。現在就是那命運的瞬間。

妹妹說自己有約，出門去了，珠慶用智慧型手機尋找ＯＮＥ演出的節目。有很多歌曲的副歌她能跟著哼唱。啊！原來這首歌是ＯＮＥ唱的，這聲音是ＯＮＥ的聲音。珠慶再次感到內心澎湃悸動。

有一些綜藝節目珠慶已經看過了，當時沒看到ＯＮＥ做的事情，此時才映入眼簾。

喜歡其他成員說話時，她專注傾聽的模樣。也喜歡她獨自撥開放在桌子上的橘子吃掉。不遮住嘴巴，爽朗大笑的模樣。被要求從男來賓中選出理想型時，斬釘截鐵地回答「沒有」；對於女孩子們在一起會不會嫉妒的問題，簡短地回答「不會」。這些全部都好喜歡。

天亮了。珠慶整晚躺在左側拿著智慧型手機，左臉微微浮腫。現在才知道妹妹沒說一聲就外宿了。今天下午有兩個打工，珠慶調好鬧鐘，發簡訊給妹妹叮囑不要叫醒她，躺回床上。她在影片網站找出只收錄ＯＮＥ部分的音樂，反覆重播，ＯＮＥ的聲音也追隨至夢中。在夢中，珠慶和ＯＮＥ沿著不知名的小徑，邊走邊聊。ＯＮＥ呵呵呵地笑著，珠慶掩面而笑。

珠慶加入網路上的歌迷論壇，確認行程表，找出ＯＮＥ寫給歌迷的信來讀。不是什麼特別的內容。感謝歌迷經常投票，讓她得到第一名的話語；會在新連續劇內演出的話語；天氣變涼了，要多保重身體的話語……

這時正好是粉絲俱樂部第四期的招募期間，加入粉絲俱樂部能夠申請參與簽名會或音樂節目預錄等活動，還有演唱會優先預購優惠等。珠慶欣然支付加入費用。幾天後，寄來了寫真集、加油棒、刻了團體名稱和標誌的保溫杯，是粉絲俱樂部的正式周邊商品。

然而，偏偏就是在珠慶去打工時，妹妹收到了宅配。

「搞什麼？姊姊喜歡女子團體？」

轉交箱子的妹妹右邊嘴角微微上揚。

妹妹高中時是某個偶像團體的粉絲後援會地區總召，歐爸們有表演時，粉絲會沿著偶像在機場裡的移動路徑，購買戶外廣告看板，掛上歡迎廣告；如果有在其他地區的演唱會，也會包下觀光遊覽車，以便和鄰近的粉絲們一起行動；還送點心車到連續劇或電影拍攝現場、致贈花圈、適時送上生日禮物。珠慶對這一切都冷眼旁觀，覺得妹妹怎麼會喜歡這麼麻煩的事，而且那些人怎麼會相信妹妹，就這樣匯錢過來。

妹妹說地方上的展演等基礎設施不足，文化資源有偏重首爾的傾向，既有的粉絲文化是以首都圈為中心而形成……因此拚命苦讀，考上首爾的大學。家人們都認為，妹妹的成績大幅提升要歸功於此。不過來到首爾後，妹妹卻對歐爸們不滿意了。

這麼說來，珠慶正在走妹妹走過的路，甚至匯錢給戶外表演的便當朝貢活動。如果只是提供普通的飯菜就不會參加了，可是那是全北蔘雞湯，還會溫熱地裝在保溫便當裡轉交。夜晚依然涼颼颼的，就算加上衣服也過分單薄，若是ONE能吃飽那該有多好。珠慶現在才體會妹妹當時的心情。

妹妹上揚的嘴角無法輕易放下。姊姊也喜歡藝人嗎？為什麼這麼晚才做粉絲會做的事？為什麼對象偏偏是女人？正在思考該如何堵住妹妹的嘴時，妹妹丟出一個意外的問題。

「姊姊的男友也知情嗎？」

現在，珠慶的心思、精神和愛情全部都在ＯＮＥ身上。

不過，也不是討厭或不關心男朋友。不會因為喜歡辣炒年糕，就不能喜歡電影；也不會因為學瑜珈，就不能去美術館。珠慶不懂妹妹為什麼將她對ＯＮＥ的感情和對男朋友的感情相提並論，然而，男友也有相同的反應。

「妳喜歡女人嗎？」

「我喜歡ＯＮＥ。我不是喜歡女人，我喜歡ＯＮＥ。」

「對，妳喜歡那個叫ＯＮＥ還是ＴＷＯ的人。而且她是女人。」

「我對ＯＮＥ不是抱著戀愛的心情。」

「那是什麼？是友情嗎？藝人和粉絲之間不是分享友誼的關係吧？」

「就算那樣，也不是交往的關係。還有，你不也喜歡足球選手的那個誰？總之，你不是也喜歡男選手嗎？上次選舉時，我們像狂粉一樣支持的候選人也是男人啊。可以尊敬，想要變得跟她一樣地感同身受，可以毫無理由地喜歡，不管對方是男人還是女人。」

不知道是被說服了，還是就此放棄了，男友陷入沉默，不發一語。

粉絲論壇發布了消息，馬上就要接受公開節目旁聽的申請。珠慶並不曉得競爭有多激烈，很晚才申請，結果只看到截止的公告。

下一次的節目預錄申請，她事先連線，飛快留言，才勉強擠進名額內。從清晨起，電視台點名超過一個小時，又等待了兩個多小時。在沒有屋頂也沒有柱子的完美地板上，全身迎著冷冽的寒風，這整個過程就彷彿嚴格的宗教修行儀式。只觀看了一首歌曲的舞台表演。用言語來說，就像是神的降臨。成員們在錄影時不會休息，也不會和粉絲交談、回答問題。珠慶喊：「ONE啊！」ONE回過頭來揮揮手，途中還明確地朝珠慶的方向發射出小愛心。回到家後，珠慶全身痠痛發燒，足足病了兩天。

她買了十張CD。因為會從購買專輯的人當中抽簽名會門票，於是她花光全部的零用錢，用來提高機率。她沒抽中。說到底也沒有必要留十張CD，於是分給朋友，還送給家教學生和男友。男友說近來誰還聽CD，隔天卻表示歌曲比想像中還好聽。

星期一早上，一如往常，粉絲論壇上傳了一週的日程表。可是，星期三上午卻排了珠慶最討厭的節目錄影。那個節目叫《星星回歸秀》，是歌手出新專輯前，或是演員在電影上映、連續劇播出前，像通過儀式般必定參加的節目。聲音模仿、才藝表演、角色扮演、演戲、撒嬌、借力、椰子時間……總之做盡所有瑣碎幼稚的事，而且不得不做，尤其是女性出場，一定會和年紀大的男性來賓扮演情侶。啊？為什麼要上這種節目？非上不可嗎？

珠慶在論壇上留言說希望能慎選節目演出，雖然有很多人紛紛表示贊同，然而所屬公司並沒有給予特別的回應。實際上，公司也不會逐一確認論壇文章。

珠慶打電話給公司。電話始終處於通話中或是等待中的狀態，花了快兩個小時才聯絡上負責職員，對方只表示知道了，會轉告等不負責任的答案，就匆匆掛掉電話。

珠慶當天下午配合ＯＮＥ的電台直播上班時間，前往廣播局。但是，成員們從地下停車場直接前往錄音室，集結在大廳的粉絲們全部都撲了個空。

珠慶在廣播局外的階梯用ＡＰＰ聽廣播，移動到休旅車可出入的停車場西門出口附近，再次等待成員們的車子出現。休旅車緩緩經過時，其中一台的窗戶咻一聲打開，ＯＮＥ露臉出來揮了揮手。珠慶連忙高喊：

「不要去《星星回歸秀》！不要去《星星回歸秀》！」

不曉得ＯＮＥ有沒有聽見，車子迅速駛離廣播局。

珠慶非常討厭ＯＮＥ演出《星星回歸秀》，沒辦法讀書，工作也不上手，星期一、星期二都徹夜未眠。星期三那天，珠慶甚至調了打工時間，事先守在廣播局。

這裡是地上停車場，他們會先停車，通過大廳，最後移動至攝影棚，再過不久就會看見ＯＮＥ。珠慶左思右想，是否要躺在入口處？還是緊抱住腳踝？在外景地放火嗎？還在煩惱之際，熟悉的休旅車抵達了。ＯＮＥ和成員們一下車，就被警衛團團包圍，一台跟珠慶的頭一般大的大攝影機擠了過來，珠慶在一團混亂中被向後推擠，口中不斷呼喊著ＯＮＥ。此時已經無法阻止演出了，然而她不能就此不管。

「ＯＮＥ！看這裡！ＯＮＥ啊！ＯＮＥ啊！我有話要說！」

成員們在警衛的保護下通過大廳，走到由電視台警衛看守的出入口。只要她們通過那道門，就不能再跟上去了，沒辦法再說什麼，沒辦法再呼喚。珠慶的心為之一沉。

此時，ＯＮＥ突然停下來，轉過頭看珠慶。珠慶使出丹田的力量，從肚子到胸口，用聲帶大聲喊叫。

「不要撒嬌！ＯＮＥ啊，拜託不要撒嬌！」

ＯＮＥ嫣然一笑。

《星星回歸秀》播出，珠慶專注地坐在電視前。ＯＮＥ和成員們聊到近況，唱歌、介紹編舞，做常見的聲音模仿。她以無聊和擔心的心情看著電視節目，終於，一名主持人說：

「好，現在來撒嬌吧？」

珠慶的心臟好像快爆炸了。她握緊了拳頭，自言自語地說，不要，不要，不要撒嬌。

「年紀最小的ＯＮＥ先來！」

珠慶緊閉雙眼，摀著耳朵，啊啊啊啊地喊著。什麼聲音也沒聽見。眼睛閉得太緊了，眼球好刺痛，眼前一片漆黑，甚至還有小火花閃爍。就像漂浮在宇宙中，黑漆漆的宇宙，看不見盡頭的宇宙，無人的宇宙，沒有撒嬌這種鬼東西的宇宙。珠慶有種成為宇宙走失兒童的感覺，心情反而變輕鬆了。沒關係，對，沒關係。不管妳有沒有撒嬌都無所謂。妳永遠都是我的ONE。撒嬌這種鬼東西，去你的。

年輕女孩獨自一人

媽媽，首爾今天白雪飛舞。三年前，我第一次來到首爾時，也下了漫天大雪，當時還播出三月底大雪紛飛的新聞。我們故鄉很少下雪，因此才覺得稀奇。當時也搞不清楚這是異常氣候，或是因為是在首爾。在沒有任何熟人的陌生首爾，這令人感到更酷寒、更辛苦。現在是搬家後滿一個月，房子總算整理好了。對於我離開家，媽媽還是很傷心嗎？

我以為媽媽至少會說獨自搬家很辛苦之類的話。然而，媽媽依然很冷淡。跟媽媽說的一樣，我是自找罪受。雖然是自找罪受，卻比跟媽媽同住時來得好。媽媽認為我是因為對首爾有莫名的憧憬，才離家的吧？沒錯，這也是一部分原因。我想要白天忙碌工作，下班後看展覽、看表演、輕鬆地造訪電影院或書店，還能聽人文學課程，想過這種有教養的生活。我們老家附近並沒有可以做這些事的地方，連一家常見的連鎖咖啡館都沒有。當然，我現在其實無法過夢想中的生活，因為我沒有那種閒錢，也沒有時間。

原本收到合格通知時，我還以為這些薪水應該夠我獨自生活。我的開銷並不大，也不算特別會花錢的人。只是，我從未想過首爾的房租居然這麼昂貴，就算賺了很多錢，也無法隨心所欲過日子。很晚才下班，首爾人真的很奇怪，好像都不睡覺。在公司有家我們常叫外送的餐廳，只要超過六點三十分訂餐，經常都要等超過一個小時。到了九點、十點，鄰近大樓大部分的窗戶還是亮著燈。即便這個時間下班，也還捨不得回家，大家都人手一瓶啤酒。真想喝醉的話，該喝其他種類的酒，可是首爾也不算是多安全的都市。

說到這次為什麼要搬家，是因為有人從瓦斯管爬上來，企圖從窗戶溜進我屋裡。夏天時我反而還很小心翼翼，每到天黑，一定會關上通往外面的大窗戶才入睡，只要打開洗手台前的小窗戶，就能忍受熱氣。可是，那天為什麼會這樣呢？大概是因為打掃時非開窗戶不可，我好像是打掃完畢之後，關上窗戶，就忘了上鎖了。

睡著時，我聽見尖銳的聲音。剛開始以為是在作夢，或是樓上的不知在做什麼，後來卻聽到男人的咒罵聲。就好像著火般，炙熱的感覺從腳底沿著背往上傳，再竄至頭頂。我一時爬不起來，眼睛也睜不開，分不清聲音傳來的地方是門外、窗戶外，還是家裡。

我忘了鎖門嗎？小偷已經躲在家裡面了嗎？是因為我睡著了，所以沒聽見開門聲嗎？我頓時千頭萬緒。此時又傳來吱吱作響的尖銳聲音，我才意會過來，那是大窗戶的聲音，那扇窗戶總是卡卡的。我先躺著裝睡，剛好是朝著可以看到窗戶的方向，只要稍微張開眼睛就行了。應該要看的，可是我實在太害怕，連眼睛都不敢睜開。我緊握著拳頭，內心默數一、二、三，才張開眼睛，只敢張開一點點。在不透明的窗戶上，映照出像人頭般圓圓的影子，窗戶已經推開了十公分。剛開始因為太暗，我無法分辨那個影子是在家裡還是外面，幸好眼睛立刻就習慣黑暗了，這才看出影子是在窗戶外。

那個男人吊掛在瓦斯管上，將手伸進狹窄的防盜窗縫隙，試圖打開窗戶。明明知道窗戶只開了一點，外面也有防盜窗，再說對方還掛在三樓高的地方，我卻束手無策。就在我驚愕到無法動彈之際，那名男子繼續奮力嘗試打開窗戶，在某個瞬間，窗戶咻一聲滑開。

我突然回過神，鼓起十二萬分的勇氣，像要把全社區的人吵醒般啊啊啊地放聲尖叫。男子也發出慘叫聲，好像因為重心不穩，墜落到地面。我這時才打112報警。

那個男人沒死，也沒受重傷，但由於腳踝的骨頭裂了，無法逃跑，在原地當場遭到逮捕，歇斯底里地說我快死了，被送往醫院。我還被警察臭罵了一頓，說我差點害死人。萬一那個男人死了，或是有什麼三長兩短的話，那該怎麼辦？可以在那麼高的地方威脅別人嗎？下次要安靜地向警方報案。警察不耐煩地對害怕得全身發抖的我發脾氣。我當然也沒有就此罷休，像個瘋女人般喊著我要向監察室或青瓦台投訴，也要向新聞台檢舉。沒過多久警察隊長來道歉，立即將負責人更換為女警，於是事件順利落幕了。

逮捕之後，發現那名男子是同一棟大樓的一樓住戶，比我小兩歲，沒有前科。他跟警察說是喝醉了才犯錯的，並不是特別盯上我，也不曉得有女人住在這間房間，想不起來為什麼自己會做出這種事。如果真是喝得爛醉，甚至喝到失憶，有辦法沿著狹窄又危險的瓦斯管爬上來，還用如此精密的手法開窗戶嗎？我完全不信，然而警察卻聽信他的說詞。

他想向我道歉，被我嚴正拒絕了。我連想都不願回想，也不想看到他。房東老奶奶住在同一棟的五樓，說會立刻把那個男人趕走，可是我太害怕，沒辦法繼續住在那間房間內。原本因為曾經續約，租期還剩一段時間，幸好後來能立刻搬家。嗯，搬過去的地方也是那位老奶奶的房子，正好空出一個房間，所以不需要支付仲介費，就能以相同的條件搬家了。很厲害的老奶奶吧？在這麼昂貴的首爾，居然有兩棟房子。她年輕時做什麼工作呢？總之，這次的房子雖然更老舊，卻更寬敞，儘管離地鐵站有一點距離，可是鄰近公車站，更重要的是位在七樓，就能放心了。

這樣簡短地寫出來，似乎沒什麼大不了的。不過其實，我還要去看醫生吃藥，晚上一關燈就不敢睡覺。要是把燈全都點亮再蓋上被子，就會翻來覆去睡不著；要是把燈關掉，又覺得害怕。於是點了一盞小檯燈，直到天亮以後，窗外微亮時才沉沉睡去。生活可說是亂七八糟。

之前找房子時，因為房間在三樓，我有點介意。如果有多餘的五百萬韓圓押金，就能找更高樓層的房子，如果有多餘的一千萬韓圜，就能找到位於大馬路、還有警衛室的房子。本來心想雖然很可惜，但也無可奈何。經歷過這次的事件，我才深刻領悟到，沒有錢不只是很惋惜的事，還會直接威脅到生存。

要是媽媽知道我去過警察局和醫院，又獨自準備搬家，會說些什麼呢？會不會逼我辭掉那沒什麼了不起的工作，立刻回家？還是會說那是妳選擇的，不要哭哭啼啼，妳能全部承擔嗎？實際上，我有點受傷。

我需要的，並不是抓著男人的衣領、逼問「你就是那個瘋子」的人，也不是將警察局搞得天翻地覆，質問「你對受害者說什麼鬼話」的人，也不是高喊「要立刻搬走、立刻把押金退回來」的人。

我之所以感到辛苦，是因為沒有人問我：「妳還好嗎？」沒有人問我：「是不是很害怕？」沒有人跟我說「我會待到妳安心為止」。想到如果把這些事情告訴媽媽，媽媽反而會責怪我說這都是我自己的錯，那還不如不說。一直以來都是這樣。每當我難過、受傷了，覺得辛苦或是失敗，被別人騙了、傷心了，妳都說是我的錯，是遇到這種事的我沒出息。

我非常清楚媽媽是多厲害的人，也很感謝妳代替沒能力的父親賺錢持家，獨自養育我們三兄妹。媽媽當測驗卷業務時，一個月會磨平一雙皮鞋，現在回想起來還覺得辛酸。雖然媽媽只有國小學歷，連自己賣的測驗卷都無法作答，可是卻一點都不丟臉。媽媽在百貨公司上班時，站了一整天，晚上邊喝咖啡邊準備檢定考試，爸爸考不上的公認仲介師考試，媽媽一次就合格了。真的很厲害。

對於不像媽媽那樣堅強又有自信的我，媽媽感到心寒吧？不過媽媽至少在疲憊時有人可以宣洩。就是我。不只是訴苦的程度，而是發洩。那是出氣。家族中有人的情況不好時，家裡有衝突時，媽媽總希望我能當妳感情的潤滑劑。但為什麼偏偏是我？我說要來首爾找工作時，媽媽像是被背叛般，那個憤怒的表情，至今我仍無法忘懷。妳希望我能和我的年齡相符、成熟又獨立的長大，同時又能當個鼓舞家人、可愛又乖巧的女兒嗎？

媽媽，很抱歉，我做不到。

媽媽總是像詛咒般地說，妳以後一定要生個和妳一樣的女兒，自己養看看。可是媽媽，妳知道嗎？妳的意思不是要我生個像我的女兒，而是要養出一個像我的女兒。

為什麼又扯這麼遠了？我是因為害怕睡著，才開始書寫的。我沒事，我沒怎麼樣。雖然我常說，媽媽有媽媽的生活，我也有我自己的生活，就像人類之間的各種關係一樣，父母和子女的關係，有可能會合得來，也有可能會合不來；但是，心裡卻不這麼想。我想，這封信最後還是寄不出去了。

我叫金恩順

恩順今年二十九歲，是一家連鎖餐飲店的餐廳員工。

十三年前，曾經流行一部連續劇，叫做《我叫金三順》。當時恩順中學三年級，翹了補習班的課，死守著「金三順」的節目。她懂三順的心情，從一開始到結束，似乎什麼都知道。因為恩順和三順一樣，名字裡都有個「順」字。回想起以金恩順這個名字度過的每一刻，她總是緊握拳頭，默默吞下淚水。

連續劇的內容可摘要成「名字俗氣、身材肥胖的老處女金三順的人生，和她尋找愛情的過程」。三順失戀時，就像失去全世界般痛苦，不斷反覆相親，每次都說或許現在的男人是人生最後一個男人了。當時恩順心想，自己若是到了那個年紀，也有可能會變成那樣。連續劇內的三順是三十歲，對於十三歲的恩順而言，是太過遙遠的年紀，以為那是理所當然會被叫成老處女的年紀。不過，明年恩順就要滿三十歲。

當了上班族之後，恩順就不畫眉毛了。因為沒時間，但也不能不化妝，所以去年做了半永久的飄眉跟繡眼線，此外一個月植一次睫毛。她喜歡化妝，學生時代會精心打扮、上妝，然而近來頂多在洗完臉後，做完基礎保養，快速擦上CC霜，並在電梯裡擦個口紅。恩順在嘴唇塗上顯色性佳的高級品牌口紅，突然覺得長大成人之後，就是憑藉技術和產品的協助，代替時間和熱情。

近來是服務受訓期間，早上要去車程一個半小時的總公司上班。一起受訓的約聘實習生年齡層出乎意料的高，總共四十位，當中三十多歲的超過十位，四十多歲的也有兩位。今天演練餐廳現場常發生的情境劇，恩順扮演客訴的客人，不斷抱怨食物太鹹、太硬、太冰，服務人員應對過慢、不夠親切，結果得到了「非常擅長抱怨」這種半開玩笑的稱讚，恩順有種微妙的心情。其實她從來沒做過這種事。身為女兒，身為學生，身為員工，身為客人，她只是盡力扮演好自己的角色，從未多想，或要求適當的待遇。

恩順在傳播高中畢業前就做過工作，很晚才進大學主修經營學，現在，借用母親的說法，是「做餐廳的」。本來她是為了貼補註冊費才開始打工，學生時代做端盤子、洗碗、打掃等單純的工作，畢業後就以約聘實習的身分進來，進行餐廳管理，若是工作表現良好，在受訓時得到高分，就能成為正職經理，總管營運分店。

大家覺得辛苦的工作，恩順卻從一開始就覺得很有趣。恩順喜歡遇見各式各樣的人，每逢季節交替，要重新布置餐廳時，她會更激動。為了布置一個小世界，從餐廳概念到裝潢、菜單到擺盤，她有源源不絕的想法。恩順的目標是先當上這間餐廳的經理，總有一天，要經營自己專屬的品牌。

假日沒辦法休假、下班時間太晚，這些她都能接受。可惜沒有家人支持，讓她覺得很辛苦。決定要上職業高中時，還有念大學時，父親都堅決反對，每次都是母親替恩順爭取，說服父親。然而，這樣的母親卻對這個工作很不滿意，總逼問她要打工到什麼時候。不管怎麼說明經過這樣的過程就會成為餐廳負責人，母親還是不斷地追問：為什麼非要餐廳不可，不能一開始就以負責人的身分進入嗎？那麼當初為什麼要上大學？

不僅如此，最近父親還動不動就說到「逢九年」。恩順跌倒，消化不良，甚至連手機故障，都是因為逢九必凶。

得到重感冒，沒辦法上班，在家病了好幾天時，恩順心想或許真如父親所說，是因為逢九年的緣故。

晚上，高中同學們來餐廳用餐。因為恩順太忙了，沒辦法見面，索性就把聚餐定點改為恩順的餐廳。最先結婚的朋友今年初生了小孩，用嬰兒車推著出生滿百天的孩子前來。恩順準備了讓嬰兒吃的水煮馬鈴薯和地瓜，但朋友笑著說孩子只能喝嬰兒奶粉。她自己帶了嬰兒奶粉、奶瓶，甚至是煮過放涼的水，特地調整成適溫後裝進保溫瓶的。朋友看起來和住月子中心時截然不同，已經能穿上婚前常穿的洋裝，連身材都恢復了，也上了一點淡妝。她從大包包內不斷拿出奶瓶、保溫瓶、紗布巾、圍兜、溼紙巾、玩具、布書等各種物品，熟練地照顧嬰兒，若無其事地說：雖然在休育嬰假，偏偏托兒所的候補號碼已經超過一百號，不知道是否能復職。朋友是個細心、誠實，比任何人都喜愛工作的人，外表那麼泰然自若，不知心中究竟有多煩惱。朋友太過勇敢，小孩太可愛，恩順內心頓時百感交集。朋友抱著哭鬧的嬰兒安撫，並說道：

「妳們也要快一點生。我在月子中心看到，每個年紀恢復的速度確實不一樣。」

不是第一次聽到這樣的話了。父親、經理、過得好的前輩們、今天聚會的二十九歲同學們，說得好像現在是最後的機會一樣。彷彿現在是能結婚的最後機會，最後期限，再晚就結不了了，或是應該爭先恐後地找個人來結婚。

本來就夠心煩意亂的，沒想到還出現難搞的客人。坐在朋友隔壁桌的中年男子，一再抱怨肉有異味，要恩順吃吃看。恩順道了歉，說會重新製作，客人卻仍堅持要在他面前吃，質疑恩順是不是覺得他在說謊，還一直打她肩膀。要是在平時，恩順只會回去抱怨，然而在朋友面前被侮辱，實在令人難以忍受。

「有什麼事嗎？」

站在遠處的男經理過來詢問，沒想到顧客斯文地說拜託再次料理。眼見客人對恩順那麼無理取鬧，竟然這麼有禮貌地對待年紀大的男經理，這讓她的自尊心很受傷。

下班路上，恩順和男友通話，吐露今天不滿的情緒。

「遇到這種事，一定會心情不好的。不過親愛的，妳是不是想太多了？妳怎麼這麼敏感？」

「什麼？過度？敏感？也對啦！你沒有賺過錢，怎麼會懂。」

男朋友比恩順小三歲，還是學生。恩順最討厭別人說她「敏感」，男朋友則最討厭「你懂什麼」這句話。畢竟已經傷了彼此的心，恩順說那之後再說吧！隨即掛了電話。

父親看到恩順有別於平時的疲憊，表情顯得不悅，問說是不是跟男朋友吵架了，又補上一句是因為逢九的關係。父親從一開始就看年紀小的男友不順眼。

「妳與其等那傢伙畢業就業，不如和已經準備好結婚的男人交往還比較快。爸爸公司有很多為了工作錯過婚期的單身漢，要不要爸爸介紹給妳？」

「我是什麼滯銷的庫存嗎？銷不掉我讓你很焦急嗎？何況你怎麼知道，那些老單身漢到底是為了工作才錯過婚期，還是因為不夠好才找不到對象？」

「是一些不錯的人。男人才懂得看男人。」

這次換母親來幫腔：

「不管男人還是女人，她以後要一起生活的對象，當然由她自己來挑，怎麼會由你來挑呢？」

此時，恩順才認真檢視自己的心情。我真的想結婚嗎？並不是。那為什麼要著急呢？是因為已經二十九歲了嗎？恩順經歷過的所有事情，只不過是日常的一部分，並沒有特別是因為二十九歲而造成的不幸。無論是三十九歲，四十九歲，甚至是五十九歲也一樣。

十三年前，電視上的三順曾經說：「要是心臟可以變僵硬，那就好了。」

對於即將滿三十歲的恩順而言，世界上依然有好多讓她怦然心動的事。在餐廳工作時，受訓時，和男朋友見面時都是。看一場好看的電影，穿上美麗的衣服、噴上香水時也是。她希望自己的心臟不要變僵硬。雖然有俗氣的名字、麻煩的日常生活、不安的未來，然而，她想當依舊懂得繼續怦然心動的金恩順，繼續活下去。

摩天輪

搭上一號線，開往仁川。在仁川站轉乘二十三號公車。目的地是月尾島遊樂園，在那裡，有一座隱身在一般遊樂園中的摩天輪。

哥哥打電話來的時候，是星期天下午。那天，我睡午覺做了亂糟糟的夢，頭隱隱發疼，心想現在該起床了，卻無法從睡夢中醒來。這時，放在床頭的手機震動起來。在螢幕上確認哥哥名字的瞬間，我就知道他為什麼要打電話來了。

從春天起。這個瞬間就如同不久前的預感，令人作嘔。

「和妳嫂嫂還有相恩、相俊一起吃午餐時，媽突然說想吃螃蟹。她生前從來沒說過想吃什麼。本來想打電話給妳，可是媽媽說妳總是很忙碌，讓妳休息。我們幾個人吃完後，讓她在一〇一棟前下車，相俊睡著了，所以就回我們家。後來覺得有點奇怪，打電話也不接。好像是在她睡眠中……如果那時候立刻趕過去的話……」

哥哥說不下去，像個孩子般，顫抖著肩膀哭了起來。這不是哥哥的錯。是媽媽的選擇。我輕拍哥哥的背，說不是的，你做得很好，可是心底卻後悔說出這些話。

記憶中的那一天，我沒去上學。當時還是初夏，清晨的風微涼，爸爸去上班，哥哥去學校，家裡只有我和媽媽兩人。我還想繼續睡，裹著薄被躺在床上翻來覆去。媽媽做了紫菜包飯，裡面完美地包了菠菜、紅蘿蔔、醃蘿蔔、火腿、雞蛋和蟹肉棒，另外還帶了各式各樣的水果。媽媽自豪地向我炫耀便當的菜色，蓋上蓋子。

「妳說想坐摩天輪吧？今天就跟媽媽一起坐吧！」

我太開心了，雀躍地蹦蹦跳跳。我沒牽著媽媽的手，而是跟在旁邊走，不停的問：要去哪裡？為什麼是今天？真的可以不去上學嗎？我不記得細節了，但是好像聽到了足以說服我的答案，於是我不再有疑問了。

進入大公園入口，就看到遠處的摩天輪。平日上午的遊樂園顯得格外冷清，風逐漸變暖，我們碰到的每個員工都揮舞著雙手，愉快地問候。我的腳步逐漸加快，剛開始只比媽媽快一步，接著是兩步、三步、四步，距離逐漸拉大。

我率先抵達摩天輪前，媽媽轉身走向售票處，她的背影看起來好陌生。五顏六色的摩天輪雖然緩慢，不過保持著相同的間距和速度，在固定的軌道上運行，上升到高處，看起來很遙遠。

「媽媽，先坐那個吧！」

媽媽從皮夾裡抽出幾張鈔票，看著我疑惑地問：「咦？」

「媽媽，我現在不要坐摩天輪。那個好像更好玩。」

我不記得「那個」是什麼了。總之，那天我們坐了旋轉木馬、碰碰車、海盜船這些平凡又常見的遊樂器材，坐在長椅上吃紫菜包飯。一直到最後，都沒坐摩天輪。

媽媽問了我好幾次，妳不是說想坐摩天輪嗎？不坐眞的沒關係嗎？在回家的公車上，媽媽用低沉的聲音說了一句話，那語氣不純粹是惋惜，還充滿留戀和悔恨：

「我想帶妳坐摩天輪。」

「下次一定要坐，媽媽。」

媽媽沒有回答。

不久之後，媽媽就離家了。我上大學的那一年，爸爸因為交通意外過世，而她再度返家。我不曉得爸爸媽媽之間發生了什麼事，就算有，也是夫妻之間的事。無論爸爸是否過世，即使他還活著，我都不想介入他們兩人的問題。重要的是，我和媽媽的關係就此結束了。我決定去住學校附近的考試院❸，哥哥說我是壞女人。我也不以為意。

「哥哥就盡情地當個孝子吧！」

然而，離開的那一天，媽媽對我說的話就像巨大的蛾般，隨時對我撒下令我心情惡劣的粉末。

「可是，妳終究是我女兒。」

雖然我很想問那到底有什麼關係，最後還是沒問。因為我不想要敞開心房抱怨，給予她原諒的機會。我是妳女兒，所以呢！那又怎樣。

我搭乘搖晃的一號線，想著媽媽。想帶女兒坐摩天輪的媽媽，拋棄子女離開的媽媽，我已經到了跟當年的她相同的年紀。三十五歲。我沒有媽媽當時擁有的丈夫和兒女，只有工作、錢，和獨自一人的房子。現在我才知道，那時的媽媽有多年輕。這並不代表我理解了或原諒了媽媽，然而，也不是討厭她。我只想知道，為什麼最後一餐沒有叫我。

我想應該是沒去遊樂園的緣故。

❸ 韓國的一種廉價租屋，承租期較有彈性，早期主要客群是經濟能力有限的考生或學生，因此俗稱考試院。

在公墓

媽媽過世了。

哥哥打聽到可以進行樹葬的郊外公墓。從禮車走下來，哥哥家的那對兄妹和姊姊家的老么活蹦亂跳的。天空就像貼上天藍色的色紙般，均一而鮮明；深吸一口氣，胸口充滿著清爽澄淨的森林芬芳。好像活過來了。孩子們四處亂跑，跌倒了又站起來橫衝直撞，卻沒有大人試圖想抓住或制止他們。我沒有力氣，也想要放任不管。對於身為大人的我而言，這是疲憊的時刻，而孩子們當然也感到鬱悶。看著越跑越遠的孩子們，有種一家人外出郊遊的感覺。回想起來，全家人從來不曾一同郊遊，或是一起去旅行。

走在前面的哥哥回過頭來看著姊姊和我，說：

「也把爸爸遷來這裡吧。這裡挺好的，我們來也很近。把爸媽遷到同一個地方，一起供奉，以後常來吧！」

姊姊點點頭，我靠近哥哥，問他我能不能從這裡開始拿骨灰罈。哥哥擔任喪主，骨灰罈理所當然也自然地是交給他。看似散發青瓷色澤、繪有菊花的骨灰罈，實際上是由韓紙製成，立刻就能分解。

哥哥回應說好，遲疑了一會，就把骨灰罈交給我。因為太燙了，差點就滑落到地面。這也是當然的，畢竟所有的肌肉和內臟燒得不留痕跡，甚至連骨頭都粉碎了。我將熱騰騰的骨灰罈緊緊擁在懷中，再三回味哥哥說的話。

我們來這裡很近呢！爸媽一起供奉，以後常來吧！噗哧，我暗笑。哥哥，醫院比這裡還近呢！當時怎麼不常來呢？媽媽是多麼想見哥哥。

媽媽要煮大醬湯，用剪刀剪南瓜和馬鈴薯。我笑著問是在做什麼，媽媽認真地回答：

「刀子常掉下來，我很怕。」

她叫我把飯菜和石鍋拿到餐桌上。吃飯時，媽媽的湯匙和筷子各掉了一次。一隻筷子掉到餐桌底下，是我撿起來的。

「去醫院看過了嗎？」

「上了年紀了，手沒力氣。腳也一樣。光在家裡走動都覺得累。」

「妳一個人在家都吃什麼？」

「就把菜全部放進去拌著吃。」

「每天都叫我要好好吃飯，媽媽才該好好吃飯呢！」

那天，我這樣嘮叨完之後就回家了，後來卻經常想起湯裡隨意剪碎的蔬菜，還有因為雙手無力，經常滑落的筷子。我也曾為腕隧道症候群所苦。無論我如何用電話催促，媽媽似乎都不肯獨自去醫院，所以我休假帶她去附近的外科，又去了神經外科，最後來到大學醫院，才發現媽媽的腦中長了腫瘤。

腫瘤是在不好處理的位置，不可能動手術，可以做放射線治療和使用抗癌劑的藥物治療，然而即使接受治療，身體的右側也會很快就完全麻痺。我詢問是否會有生命危險，醫生一副啼笑皆非的表情回答：

「腦部有腫瘤，到了會讓身體麻痺的程度，難道不會有生命危險嗎？」

醫生這句無心的話，讓我傷心了好一陣子。每當媽媽因為無法入睡而發脾氣時，當媽媽接受抗癌治療後嘔吐、我在一旁輕拍她的背時，當我更換媽媽厚實潮溼的尿布時，我總會突然想起這句話。如果我知道這些事，我早就去當醫生了，怎麼還會問你呢？我媽媽就快死了，你懂做女兒的心情嗎？真想一股腦痛快地說出這些話。

哥哥說，為了醫藥費，他不能停下工作。大嫂剛將老二送到幼稚園，好不容易才再次就業，而我們三個長大成人離家的子女，也不想將看護的工作交給大嫂。姊姊隨著姊夫在陌生的都市落腳，幾乎是獨力養育八歲和五歲大的外甥，老大剛上小學，忙得不可開交。其實也沒有人說，既然我沒結婚、沒生小孩，又身為自由工作者，理當要照顧媽媽。大家只是重複叨唸著：不能放著媽媽不管，看護也不是很可靠，好像還不到住療養院的階段這些話。

我已經告訴外包廠商，這陣子暫時無法接工作。但我沒有把這件事告訴家人。我沒談戀愛，沒結婚，就算要生小孩，也早就是高齡產婦了。去生個孩子吧！除了妳之外，我們家沒什麼好擔心的……這些千篇一律的話，聽都聽膩了。事到如今，也不想想就是幸好有我，幸好有這個沒結婚、沒小孩、做著不穩定工作的么妹，妳可以放心了。這是可惡的想法，不過我本來就沒出息。

「把電視關掉。」

「其他人都在看，怎麼能關掉啊？」

「那把音量關小一點。我沒辦法睡。」

「媽媽戴上耳塞吧！」

白天，病房裡的其他病人和家屬全部都在收看人氣連續劇的重播。媽媽夜晚輾轉難眠，吃過午餐才有了睡意，眼皮沉重得快要閉上，卻又緩緩張開。

「妳到底來醫院做什麼？一點忙都幫不上。」

只要稍不順心，動不動就會責怪我。妳做什麼都一樣。妳在這裡幹什麼？妳還會做什麼事？媽媽本來是個溫柔穩重的人。或許是因為癌症治療太辛苦，也或許是由於她對發病感到憤怒，如果兩者都不是，那說不定是腫瘤壓迫到腦部的重要部分，讓媽媽變成另一個人。我常說對不起，媽媽也跟著說我才對不起妳，我是罪人。

「好，那我就留妳自己一個人。」

那是個令人難以忍受的日子，我隨口回了一句話，就離開病房。

我在醫院對面的咖啡專賣店點了美式咖啡，再追加一份濃縮咖啡。喝了一口溫熱濃郁的咖啡，這才覺得心裡暢快一些，眼淚像斷了線的珍珠般落下。這是我開始看護後，第一次哭泣。淚水就像積存在體內的某處，我頓時淚如泉湧，停不下來。

我找出手機，瀏覽之前委託工作的郵件和訊息，進入讀書會朋友的SNS閱讀讀後心得，找出只去過一次的烹飪課照片，播放想看的音樂劇。胸口糾結成一團，心痛不已。為了照顧媽媽放棄的一切，都已經生鏽氧化，溶解了胸口。手機很快就要沒電了，沒電就只好回醫院。

但我突然念頭一轉，為什麼非回去不可呢？痛快大哭一場後，我頓時感到飢腸轆轆，也沒事可做，於是點了貝果來吃。盡情翻閱咖啡館內的雜誌，又前往附近的電影院看了一部電影，到了晚餐時間，才緩緩回到醫院。

媽媽睡著了，哥哥坐在輔助床上。病床裡的每一雙眼睛都盯著我看，然而大家都沉默不語。哥哥安靜地起身走出去，我跟在他後面。他說，媽媽拿床邊個人抽屜裡的水果刀企圖自殘，左手持刀，刺向右手手腕想尋死，幸好手掌無力，只留下傷口。不過，隔壁病床的看護試圖阻攔，結果掛彩了。

「傷得並不重，只是輕輕劃過去，已經貼上了人工皮。」

哥哥只說到這裡。員工大概打了很多通電話給我，但我的電話關機，媽媽又冷靜不下來，最後只好翻閱資料，聯絡了哥哥。

哥哥本來正在工作，取得公司的諒解後，開了一小時的車，匆忙趕到醫院。可是在這段期間，事件已經結束了。哥哥輕拍我的肩膀。

「辛苦妳了。我還能說什麼。只是……只是怕妳會後悔。」

窗戶對面，我看到我剛剛喝咖啡、吃貝果的咖啡專賣店。我才不會後悔呢！因為我和媽媽一起爭吵過，哭過，埋怨過，鬧過脾氣又和好。那個溫柔的媽媽崩壞了，連她崩壞墜落到谷底的模樣我都看過了。我擦過血，擦過嘔吐物，連大小便也擦過了。

「媽媽可不是那種擁有蒼白臉蛋、配上長直髮、生命倒數計時的少女。這又不是連續劇，哥哥。」

之後，我和痛苦又精神不濟的媽媽仍然發生許多爭吵。

看到興高采烈的姪兒跟外甥，我想像著自己最後的時刻，或許會是三十年後，或許會更早來臨。到時候，可能身邊沒有家人，但我也不會後悔。如果捧著我溫熱的骨灰罈走向這條路的人，是個端正、有禮貌，又擅長工作的人，那就好了。

第
II
部

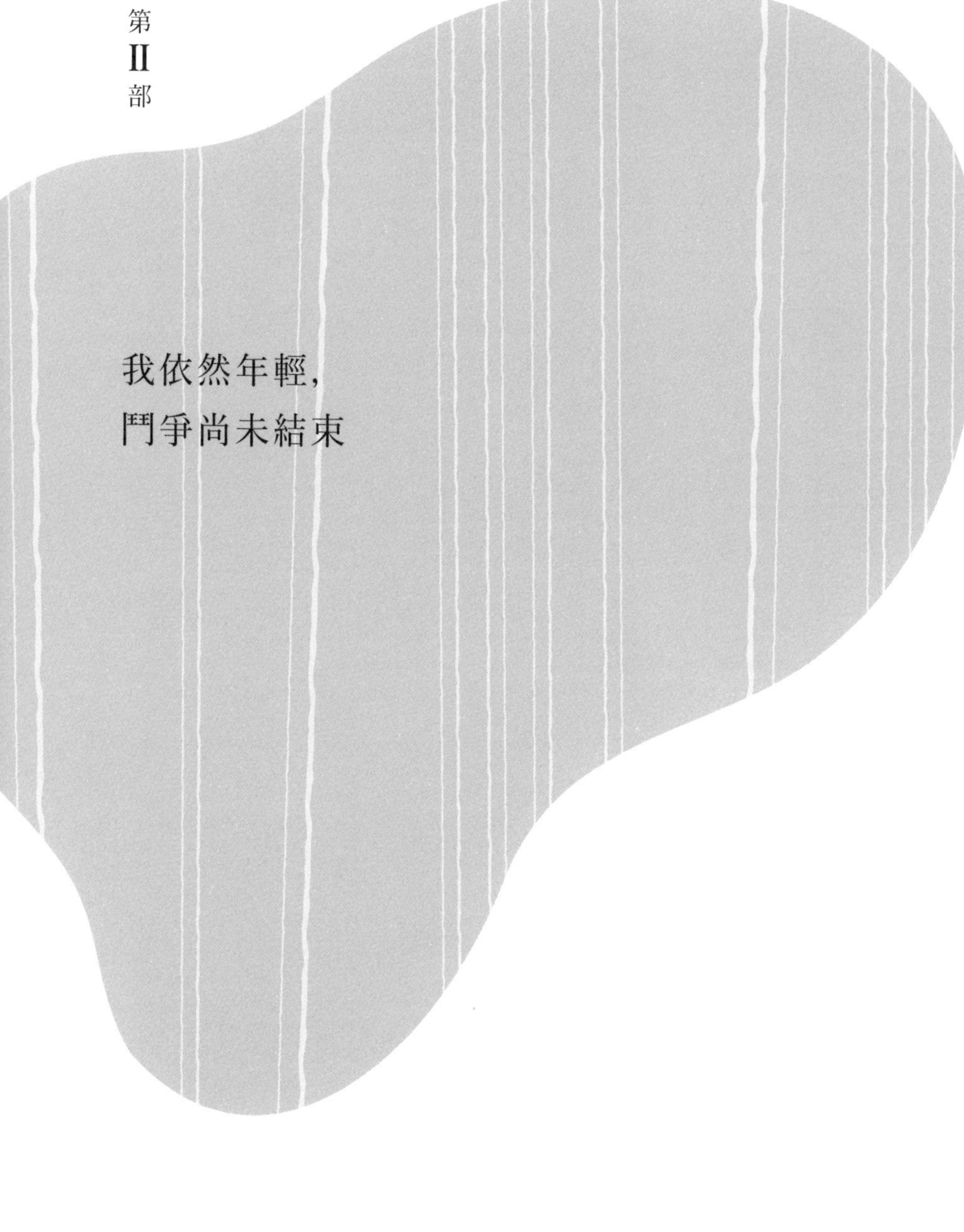

我依然年輕，鬥爭尚未結束

離婚日記

「現在，請心懷感謝，以及會好好過日子的覺悟，向養育出這位美麗新娘的父母親致意。」

妹夫平舉雙臂，雙膝跪下，行了大禮。妹妹低著頭起身，緊咬著下嘴唇，忍住淚水，坐在前方的媽媽擦了擦眼淚。我知道，那些眼淚有一半——不，可能大部分都是為我而流。經過一個月的考慮期，就在妹妹提親的那一天，我的離婚生效了。

◍

夫妻之間第一次爭吵，是我們蜜月旅行回來，去婆家問候那時。嚴格來說，我們不是去婆家，而是丈夫的伯父家。打從婆婆說要去大伯父家開始，我就莫名地感到不安。我們在高速公路上奔馳了兩個小時，抵達婆家，在那裡改搭公婆的車，再開一個小時抵達大伯父家，這時婆婆從後車廂拿出裝滿年糕、排骨、水果、酒的箱子，說這是我媳婦送的。但我並沒有準備那些。先前她只對我說，鄉下的長輩把食物都準備好了，人直接來就好，我說要買酒和水果過去，婆婆還生氣地說沒那個必要。不過，我們一抵達就忙著準備東西，所以我沒機會問婆婆到底怎麼回事。忙著端盤子出去時，一位長輩抓住我的手臂。

「不要再忙了，妳坐這裡。」

「對，媳婦過來喝一杯吧！」

說完用大拇指抹了抹燒酒杯，斟滿燒酒遞給我。

「我不太會喝酒。」

公公對猶豫不決的我使了個眼色，催促我快喝。我喝了一杯，然而酒杯卻接連不斷遞了過來。看到我面露難色，丈夫搶了幾杯代喝，就這樣草草結束了輪換酒杯的過程，接下來長輩卻拿出湯匙，鼓譟著叫我一定要唱首歌。長輩們拍手歡呼，當中也包括了我的公公婆婆，即便我推辭也沒有用。那種氣氛，想躲到角落的心情……我的心七上八下，頭暈目眩，丟下一句我做不到，便氣沖沖地奪門而出。我獨自蹲坐在村莊會館前的木桌旁，丈夫追了上來，問我為什麼那樣做。

「從頭到尾都是被侮辱的心情！明明叫我不要準備答禮的食物，可是媽媽卻準備的理由是什麼？怎麼可以逼剛嫁入婆家的媳婦喝酒唱歌？究竟把我當成什麼了？公婆和你為什麼不阻止？」

「怎麼把話說成這樣？他們是鄉下人啊！是因為覺得妳可愛，喜歡妳，才會那樣啊！」

「我們蜜月旅行回來之後，我爸媽請我們吃了一頓美味的餐點，你只不過是安安靜靜吃了飯，休息一下就走了。你不覺得這和我們家有天壤之別嗎？」

「像大嫂就適當地喝了些酒，也陪他們一起唱歌，妳為什麼偏要特立獨行？真不好意思，我就是沒教養的鄉下人。」

我招計程車前往鄰近的巴士站，回到首爾的家中。本來以為這段婚姻完了，然而丈夫卻向我下跪，拜託我再給他一次機會。

後來，丈夫依然沒有發揮任何作用。公婆對我的態度變得更僵，像是勉強寬恕理當逐出家門的媳婦，雖然沒有再去大伯父家了，卻時常叫我回婆家。逢年過節時，醃泡菜時，公婆、丈夫、大伯生日，公公的退休儀式，婆婆腰受傷，都叫我回鄉下幫忙準備餐點、籌備活動、侍奉湯藥、幫忙做家事。

我忙到快虛脫，只坐在最不舒服、最寒冷的位置上，隨便充飢填飽肚子。即使如此，還是常常被指責說怎麼都不笑、不說話、回話太慢、看著對方的表情不夠溫柔；這段時間，丈夫則是吃著我準備的食物，躺著休息看電視，晚上出門去找朋友。每次回到家，我們一定都會大吵一架。

「不是說再給你一次機會嗎？這就是給你機會的結果嗎？」

「我在家裡已經做了很多家事了，洗衣服、打掃、洗碗，這些我都做了啊！哪裡去找像我這樣分擔家事的丈夫？妳去加班、聚餐、出差時跟朋友喝酒晚歸，我有說過什麼嗎？」

「那我呢？我沒做家事嗎？我叫你做過什麼嗎？我覺得那是理所當然的，你卻以為那是什麼了不起的照顧？我只是叫你在我身心俱疲時，不要袖手旁觀。」

「去我們家的時候稍微忍耐一下就好了，又不是一起住。我爸媽就算能活，又還能活多久？」

「現在這種時代，應該是還能再活三、四十年，到時候我就六十歲了，也是老婆婆了。」

向結婚的朋友訴苦時，從她們的口中，也不斷聽到類似的情節。結婚的女人，大部分都要這樣過日子嗎？她們竟然沒有瘋掉，還好端端活著嗎？真的嗎？我不禁懷疑我是不是個奇怪又敏感的人，痛苦不堪，全身無力。

某個週末，公婆沒有事先打招呼，就買了說要替我補身體的水煮章魚來訪。婆婆打開廚房流理台的每一個抽屜，拆開冰箱冷藏庫的每一個塑膠袋，逐一查看調味料，不時伸舌咂嘴，最後嘆了一口氣。然後，她三兩下把外面訂的配菜全數倒進廚餘桶。

「其他的我都能忍受，就是受不了買外面的配菜來吃。妳知道這是在哪裡、用什麼材料、怎麼做的嗎？」

「上面都有寫在哪裡、用什麼材料、怎麼做的。」

「妳相信那上面寫的嗎？」

「都是值得信賴的餐點。我們兩個很晚才下班，沒辦法每天自己下廚。」

「不，我不信賴。他一個人住的時候，我都一個星期來一次，做點小菜，煮

三、四種湯，放進冷凍庫裡冰，絕對不讓他吃這種食物。看來倒不如就按以前的做法。如果覺得跟我碰面會尷尬的話，我可以趁你們上班的時候來，做完飯就安靜地離開。告訴我大門的密碼。」

我連忙安撫婆婆。

「不用了，媽。我自己來就好了。」

「我知道你們很忙，我不是想批評妳才說這些話的，只是這樣做我心裡比較舒坦。」

「我來做就好，媽。我不會再買配菜了，對不起。」

對不起一說出口，我的眼淚簡直快奪眶而出。我哪裡對不起婆婆了？就因為讓婆婆的寶貝兒子吃外面買的配菜？那個沉默不語、冷眼旁觀這一切的人，究竟是誰？是我的丈夫嗎？還是婆婆的兒子？太多想法一下子排山倒海襲來，就在我失去重心搖搖晃晃之際，丈夫碰碰我的肩膀。

「好啦！我們就拜託媽媽吧！」

「什麼？」

「妳沒有時間做菜啊！以我媽媽的立場來說，也不過是做我結婚前之做的事罷了。而且老實說，宅配的菜不太合我的胃口。就讓媽媽做完菜就離開，那樣沒人會覺得不舒服，也沒人吃虧啊！不是嗎？」

我看著丈夫不帶一絲惡意的開朗表情，一顆心咚地一聲往下墜落。這就是我決定攜手步入婚姻的對象嗎？是那個溫柔、得體、聰明又有禮貌的男人嗎？我拜託公婆今天先回去，婆婆把材料處理好，煮好水煮章魚之後就離開了，我完全吃不下，丈夫也不管，一個人吃得精光。假如婆婆沒來煮水煮章魚，假如丈夫沒吃的話，我是否不會有結束婚姻的念頭？

聽完這些故事，父母拍拍我的肩膀，妹妹說回來得好。好久沒和妹妹躺在同一張床上，她說：

「姊姊，我被求婚了。五月要來提親。」

「啊，是嗎？那太好了。」

接著是暫時的沉默。

「姊姊，妳覺得我要不要結婚？結婚是什麼樣子？還可以嗎？如果姊姊叫我不要結，我會到此為止，我不會問妳原因的。」

結婚是什麼樣子？還可以嗎？我試圖回想和丈夫的幸福時光，意外地只記得幾個畫面。討論了很久，千挑萬選掛在餐廳上方的相框；看完同一部電影，分享彼此的心得；晚上去散步回來，買了三角飯糰和杯麵；我的升遷派對……我要妹妹結婚。

「結婚吧！會有更多好事。不過，結婚以後，不要當別人的妻子、別人的媳婦、別人的媽媽，就做妳自己。」

這些都不容易，但我說不出口。就這樣，我進行我的離婚程序，而妹妹則籌備結婚，我和妹妹的事都順利結束了。然而，我知道這不是結束。故事從現在再次開始。

結婚日記

「現在，請心懷感謝，以及會好好過日子的覺悟，向養育出這位美麗新娘的父母親致意。」

丈夫平舉雙臂，雙膝跪下，行了大禮。我低著頭起身，緊咬著下嘴唇，忍住淚水，媽媽垂頭迅速擦乾眼淚。一面迎接離婚的大女兒，一面送走結婚的小女兒，媽媽坦然面對這兩個截然不同的事件。我接受如今成為我丈夫的男朋友求婚，就在那一天，姊姊回家了。

◍

姊姊的右手沒有拖著大大的行李箱，僅僅拿了一個手提包，就像只是要去住家附近的便利商店買杯麵。姊姊說她要離婚了，再也沒辦法和姊夫同住在一個屋簷下，從她的話語中，我感受不到真實感。

姊夫是姊姊在公司的同期同事，是個有能力、有禮貌、肯定姊姊的成就，也真心祝賀的人。姊姊在公司內部的徵選作品展取得優勝，是同期中最先單獨進行計劃的。看到公告的姊夫實在太開心了，不只在公司高興得不得了，下班之後到KTV時還配合伴奏不斷歡呼。他事先讀過姊姊的報告，一起思考，也給予建議。兩人秘密戀愛第三年，在姊姊換公司的那年秋天，他們結婚了。

之後，我從姊姊那裡聽到一些姊夫的事，也覺得實在太誇張。為什麼姊夫要帶姊姊去伯父家？為什麼非要灌她酒，還逼她唱歌呢？我想起進公司第一次聚餐，由於我是新進員工，年紀最小，什麼都不能拒絕，前輩們不停勸我酒，逼我唱歌，我心不甘情不願地照做，可是真的太丟臉了，回到家哭了一整夜。我似乎能了解姊姊的心情，可是，她怎麼可以一句話也不說，就離開滿是親戚長輩的伯父家呢？姊夫和親家公、親家母會有多難堪？我在這兩個想法之間徘徊，無法做出任何判斷。

完成提親，我們正式開始籌備結婚。婚禮儀式場的位置、規模、時間、儀式的程序，兩人要住的房子的位置、規模、尺寸，房子裡的家具用品、家具該如何組成與配置，還有蜜月旅行的日期、長短、地點和費用……這些大大小小的事多到數不清，我和男朋友一一商量決定。雙方常常產生明顯的意見分歧，此時就要努力不讓彼此的心遠離。雖然沒有重大爭吵，最後我們卻都感到筋疲力盡。

提起最大的力氣，在攝影棚拍攝婚紗照，當天晚上，男友講完電話，小心翼翼地說：

「我把今天攝影時朋友拍的照片拿給爸媽看，他們說媳婦非常漂亮。」

「幫我轉達說謝謝。」

「嗯，嗯，還有……婚禮那天要不要換別的風格，要不要試穿更多元的禮服呢？不管妳穿什麼，都會很漂亮的。第一次試穿的那件禮服怎麼樣？脖子上有領子的。」

在攝影棚拍攝時，穿的禮服大多是無袖。原來是長輩不希望太暴露。但是婚禮當天的正式婚紗是魚尾款式，不僅會露出肩膀，而且設計上還強調從胸口到大腿的身體曲線。「其他風格」、「更多元」、「穿什麼都很漂亮」，這樣的說詞是長輩們說的？還是男友自己說的？

隔天吃午餐時，我詢問結過婚的同事，大家都說這只不過是開端而已。

「婚禮會有很多長輩在場，禮服會不會太暴露了？從這些開始，他們就會接著說金色的窗簾比較好，棉被怎麼不是亮色系的？這些就是全部的碗盤了嗎？然後會問大門的密碼，來到家裡，把你們的衣櫃、流理台、冰箱抽屜全部都打開來看，甚至還有婆婆連內褲有幾件都會出意見。」

我想起姊姊的故事。姊姊的婆婆也把冰箱的塑膠袋全部拆開來看，還把配菜通通扔了。最讓姊姊無法忍受的是，姊夫根本搞不清楚情況的嚴重性。當時，我還盼望兩人能和好，偷偷站在姊夫那一邊。

「姊夫真不會察言觀色。」

「不會察顏觀色也是種權力。」

姊姊說得沒錯。不懂得察言觀色，意味著沒有必要看別人臉色。可是，一定要這樣解讀嗎？做錯的是親家公親家母，不是姊夫啊！姊夫只是在某方面考慮得不周全罷了！話又說回來，一個人到了組織家庭的年紀，還會考慮不周全嗎？我不由得產生了這樣的疑問。我常聽說，有的男人長大之後還是孩子，或是一輩子不懂事。我是不是覺得這些話是理所當然的？難道我也要眼睜睜看著陌生的長輩介入我的生活，只能束手無策地旁觀，埋怨著不懂事的丈夫，一生都過著這樣的生活嗎？不。我相信，委婉地勸我換禮服的人不是長輩，而是男友。他是懂得看人臉色、懂得察言觀色的人。

到了早上，我打電話給男朋友，說要把正式的婚紗換成那件旗袍領的禮服。婚紗店、男友和雙方長輩全都讚不絕口，唯有一個人，唯獨姊姊感到惋惜。

「這是妳的婚禮，是妳要穿的婚紗，最重要的是挑妳喜歡的。」

我說我也喜歡。丈夫、家人、賓客，所有的人都感到舒服，這樣才是好的婚禮，而且大家都讚譽有加啊！但其實我在內心深處想著，就是因為姊姊連一丁點都不肯妥協，所以婚姻才會失敗。

婚禮一個月前，家具、家電、寢具等大型生活用品全數搬進了新居。只要一有空，我就會去買零碎的小東西，決定在婚禮一週前，將衣服和書等物品從各自的家搬過去。

房子都整理好以後，婆婆說想過來看看。我們找房子和籌備家具用品的過程，她完全沒有參與，因此我爽快地約定時間。然而，一和婆婆走進家裡，我卻緊張得口乾舌燥，笑得嘴角都快裂開了。婆婆就像切換成慢動作的影片那樣，緩緩走進家裡，參觀每個角落。她看得很仔細，卻沒有用手碰，沒有打開、關上任何門，也沒有掀開任何蓋上的東西，甚至連沙發都沒坐，就說她看完了。

「整理得很漂亮，辛苦了。」

就在我鬆了一口氣時，婆婆又加上一句話。

「可是客廳的灰色窗簾……就把那個換掉吧！客廳不要用暗色系的窗簾，外面的氣息會從這個窗戶進來，如果用暗色系的窗簾堵住了，運勢會卡住。我會訂好新的窗簾送過來，就買黃金色的。」

那一刻，我想起同事的話。禮服會不會太暴露了？從這些開始，他們就會接著說金色的窗簾比較好……我的眼前閃爍著，一片空白，什麼都看不清。這真的只是開始嗎？我很害怕又疑惑，卻沒辦法拒絕。這不只是關於窗簾顏色這麼單純的問題。

最後，我決定穿我挑選的魚尾款式禮服。雖然我這樣反反覆覆，婚紗店的經理卻對我說做得好。

「其實，就是因為婆家不喜歡才換的。」

「選好之後，到了假縫那天才說要換的人，大部分都是因為太暴露才換，說是長輩不喜歡。不過，最好穿自己想穿的，這樣以後才不會後悔，畢竟這是一生一次的婚禮。」

「上次我打電話來說要換禮服時，妳為什麼要說決定得好？」

「這樣新娘的心情才會舒服一點啊！」

「有很多長輩會干涉禮服嗎？」

「很多人會跟長輩一起來挑，如果是由長輩決定的，準媳婦通常會露出不情願的表情附和應好。有的新娘會再次回來試穿，也有新娘會拜託我們跟婆婆說她挑的禮服壞了，反之，也有婆婆塞錢，拜託我們瞞著媳婦偷偷縫上袖子，可真是無奇不有。」

完成假縫以後，我和男友一起喝咖啡，彼此都不發一語。我先開口。

「我一定要穿那件禮服，還有你最好知道，我並不是討厭金色窗簾。我以後也會這樣說出來，會明確地說我討厭什麼、我不想做什麼，而且不是因為別的原因，單純就是因為我不想打電話、不想做菜、不想洗碗。」

「我知道了，妳完全是正確的。」

準備結婚時，我常想起姊姊的話。我不要成為別人的妻子，別人的媳婦，別人的媽媽，我要作為我自己而活。

採訪——孕婦的故事

你好，我是宋智善。現在懷孕九個月，預計十七天以後生產。我的年紀，哈哈，我今年三十八歲。

等一下！很抱歉，我可以先去上個洗手間嗎？最後一個月會常跑廁所。抱歉。是的，現在可以了。要重新開始嗎？看著這裡說就可以了嗎？好，我知道了。不過我好緊張。真的嗎？哈哈哈，不是。我現在非常緊張。

這是第一胎。大家說我是高齡產婦。可是我最近常去媽咪論壇，是有很多年輕的媽媽，不過也有很多和我差不多年紀的。實際上，我不認為我自己年紀大，但因為身邊的人都叫我要小心，我才會有點在意。

衛生所給了我妊娠性糖尿病檢查和唐氏綜合症四聯篩檢。啊！每個衛生所的補助項目會稍微不一樣。也會給葉酸劑、鐵劑，我貼在車上的「車上有兒童」貼紙，跟我現在別的懷孕徽章，都是衛生所發的。還有超音波檢查、畸形兒檢查，一大堆檢查。有些衛生所是有條件附加檢查，也有些衛生所會發檢查券，讓你在附近的醫院接受檢查。我們衛生所是會發檢查券給三十五歲以上的高齡產婦，可是三十五歲以上就是高齡產婦嗎？這是我們衛生所的基準嗎？

我已經做好生產的準備了。媽咪論壇上有很多清單，有人做成 Excel 檔案上傳，我就下載來看。我有些朋友的小孩是已經去上幼稚園，或是上小學了，我也把清單傳到聊天群組內，請別人幫忙看，並請大家把用不到的東西給我。

我收到很多嬰兒床、嬰兒推車這種大件物品，有些還是名字前面加了「國民」兩個字的用品。就像所謂的「國民主持人」、「國民妹妹」一樣，只不過是套在小孩喜歡的東西上。我從朋友那裡拿到了國民搖搖床、國民遊戲門、國民音樂鈴、國民毛毛蟲——啊！我說的不是真的毛毛蟲，是毛毛蟲形狀的布娃娃。還有紗布衣、內衣、連身衣、襪子，收到了好多禮物。除此之外，還買了很多零碎的小東西，溫度計、溫溼度計、浴盆、指甲剪，加上不曉得會不會喝母乳，所以也買了奶瓶，還有擠奶器、母乳袋這些東西都準備了。哺乳內衣和哺乳衣都各買一件，以及尿布和奶粉。洗髮精、香皂、乳液，全部買了嬰兒專用的，啊！還買了汽車座椅和嬰兒背帶，跟嬰兒包巾。

花了好多錢。雖然已經盡可能都跟親友拿恩典牌，我和丈夫也去嬰兒用品特賣會跟清倉特賣會，買了許多便宜的特價商品，卻還是覺得貴。朋友說還要買保溫熱水瓶和奶瓶消毒器，之後還要購買離乳食機。育兒用品很重要，這句話也是從朋友那裡聽說的。近來沒有跟能幫忙揹小孩的阿姨、叔叔同住，鄰居之間也不是敞開著門居住。既然得一整天獨自照顧孩子，當然要借用設備的力量吧！

我還不太清楚哪些比較好。儘管連臉都還沒見到，還沒摸到，沒辦法現在就說孩子漂亮可愛，卻湧上源源不絕的母愛。實際上，那是任何事都無法取代的珍貴經驗。在十個月的期間，在我體內安全地孕育一個小生命，送到這個世界。我好像從來不曾和別人有如此緊密和迫切的連結。感覺到孩子在伸展、蠕動時，激動的情緒難以言喻。

辛苦的方面，嗯，就是身體比想像中還不舒服。我害喜了很長一段時間，腰從懷孕初期開始就非常痠痛，消化不太順暢，也有嚴重便秘。還有，為什麼這麼癢呢？肚子和臉非常癢，讓我快瘋了。我隨身攜帶乳霜，在公共廁所使勁地擦。

你也看到了，這雙運動鞋是我丈夫的。因為腿浮腫得太厲害了，我自己的鞋子都穿不下。嗯，在很多方面，可說是一團糟呢！

但是，即便如此，嗯，該怎麼解釋才好？這個世界討厭懷孕的女人。該說是冷淡還是冷笑呢？有很多人會說，近年來，要是在生育率低的國家生小孩，能享有很多優惠。可是當我肚子變大了，坐大眾交通工具、走在路上、去餐廳、去上班，我才了解這世界有多討厭懷孕的女子。至今只有兩次被讓座。我也不期望別人讓座，但我只不過是站在旁邊，怎麼別人就露出一副不耐煩的表情？孕婦博愛座從來沒空出來過。懷孕初期時，腰痛得受不了，我曾經坐在博愛座上，可是卻有一位老爺爺一直推我。我出示徽章表示我懷孕，他卻說：什麼？懷孕又怎麼樣？怒斥了我一頓。怎麼辦？我實在太害怕，就離座了。地鐵上有博愛座，不過偶爾會看到孕婦和孩子的圖片被劃叉。

真的好可怕。我就像圖片上的孕婦一樣，肚子高高隆起，卻有一種受到威脅的感覺。而且為什麼大家都要議論我，說什麼「怎麼變胖了，妳該去運動，衣服穿太緊了」；如果吃得太好，就會被說「不要隨便吃，要選擇性地吃」；要是抱怨現在有兒子在肚子裡，就會說「近年來大家都想要女兒」，就這樣你一言我一語的。可是，真的懷了女兒的後輩，聽到的卻是「應該有個兒子」。大家只是想要說上一句話罷了。嗯！還有，怎麼會突然摸別人的肚子呢？對，還真的有！婆婆、小姑、不認識的社區奶奶、公司前輩，都會伸手來摸，我的身體就好像是什麼公共財產一樣。啊，現在回想起來就覺得不愉快。真的，成為媽媽的那一刻，似乎就變成了能夠隨便對待的人。

啊！你說留職停薪嗎？我們公司是間默默無名的小公司，目前還沒有人因為育嬰留職停薪，要不是生產之後立刻復職，不然就是離職。

我從上週起，除了產假之外，又申請了一年的育嬰假。其實我本來想早點休息，準備生產，一個月前就提出了休假計劃。但我卻被組長叫過去，問我怎麼這麼早就要休假，還說本來第一胎都會比較晚生，就這樣延到下個星期，延到下一個活動，又延到下一個研討會。我肚子都這麼大了，還站在博覽會攤位，也參加兩天一夜的研討會。我每天都去拜託組長簽核，組長說這次我休一年的育嬰假，公司無法保證我休完之後可以回歸原來的工作崗位。宋課長則是叫我想想看，以老闆的立場，會想給不工作的人錢嗎？會願意和這樣的人繼續工作嗎？說都是為了我好才給這些忠告，還說如果將年假、每月法定休假加起來，最多可以休息一個月。

我找來的資料寫說，產假和育嬰假是強制法規，不得拒絕或是加上附帶條件。像我這樣的申請，公司應該無條件接受，違反的話要處以拘役或罰金。我把資料印出來，對他們這樣說。然而主管卻說，公司已經繳過一次罰金了，這樣下去誰敢僱用女人。這樣說完之後，我的淚水在眼眶打轉。所以我寫信給所有的員工，也寄給理事和社長。對，就是報導中的電子郵件。一位員工上傳到自己的SNS，在大家之間流傳，還上了新聞。事情就變成這樣了。

哎呀，別說了。我被罵讓公司丟臉，妳以爲世界上只有妳一個人生小孩嗎？那麼妳休息的期間，誰來塡補那個空缺？眞自私。那時壓力大到肚子變硬，還出血，被送去急診室。可是，也收到了許多說和我有同感，要我加油的回信，尤其是未婚或是新婚的女員工，更是感同身受。有一名在總務部的女課長，她把這件事當成自己的事一樣出面了。課長說，她生完小孩一個月就復職，現在全身沒有一處不痠痛，不希望其他員工也變得跟她一樣。對，沒錯，就是在電台接受訪談的那一位，她是離職之後接受採訪的。最後，過了一個月，我的休假得到了組長、理事和社長的批准。

這不是什麼值得稱讚的事，實際上，就連這樣告訴別人也讓我覺得有負擔。之後復職的話，還要面對社長、理事跟組長。另一方面，倒也是因為我這樣露臉了，所以才不會被革職。

現在是怎樣的世界？生了小孩就不能上班，也不能休育嬰假嗎？對，還真的是這樣的世界。這種公司很多。一年之後，如果我能順利復職，那麼我就是全公司第一個休育嬰假的人。要是有了第一個，應該就會有第二個、第三個、第四個人。

對，我現在沒有話要說了。好像都說完了。

影片嗎？給丈夫嗎？不用了，我不想要。
是的，我知道了，謝謝，辛苦了。

媽媽是一年級

智慧今年三十八歲，是一家外商金融公司的人事組次長。女兒上小學後，她十二年的職場生活迎來了大危機。

早上六點三十分，智慧頭一個起床。她從冰箱拿出白飯加熱，放入炒鯷魚和海苔，捏成飯糰。幾乎沒有像這樣能夠簡單準備餐點的日子，大多是用事先買好的粥、吐司、年糕當早餐。在智慧換衣服、化妝時，丈夫也起床準備上班。

聽到爸媽忙碌移動的聲音，八歲的書妍揉揉眼睛，坐到餐桌旁。在一整天當中，這是一家三口唯一能相聚的時間。智慧和丈夫本來不吃早餐，可是由於丈夫經常加班或出差，很少見到孩子，所以全家從兩年前開始一起吃早餐。

快吃完早餐時，娘家的媽媽到了。

「媽媽，今天書妍要帶檔案夾去學校，可是我昨天太晚下班，沒有買到。

能不能幫我在學校前面的文具店買，然後寫上名字？筆筒裡面有簽字筆，一定要寫名字！還有，書妍啊！今天妳有運動課，要穿褲子！不能吵著叫外婆幫妳穿洋裝！洗完臉之後，把眼屎擦掉，知不知道？」

智慧一面幫小孩整理衣服背包、穿好鞋子，一面不斷叮嚀。媽媽拍了拍智慧的背。

「妳才要好好上班。不要忘了鑰匙或職員證，結果又跑上來。」

智慧只在生書妍時請了三個月產假，之後從來不曾休息。剛當媽媽的時期，每當書妍生病，或是看到她孤伶伶留在托兒所的模樣，眼淚就會撲簌簌掉下來；然而現在，她已經練就了不會為一點小事而難過或挫折的工夫。不過，書妍上小學以後的這個月，每天都像是在極限訓練。孩子的學校生活適應良好，需要適應期的人反而是媽媽。

三月二日開學典禮時，智慧和丈夫兩人都請了一天假。典禮本身一個小時就結束了，下午全家一起外出用餐，購買學校用品。隔天要用的水桶、室內鞋、三枝鉛筆、橡皮擦、十二色彩色鉛筆、二十四色蠟筆、綜合本、溼紙巾、面紙、檔案夾；下週一前要帶的十五公分尺、十二色簽字筆、奇異筆、剪刀、膠水、色紙、迷你梳子和迷你掃把組……全都要逐一標上名字，如果是有蓋子的文具用品，蓋子也要另外貼上名字。

超市內的檔案夾和迷你掃把組都賣完了，他們再次繞到學校前的文具店購買，接著一家三口聚在一起，在文具上貼姓名貼。幸好同社區的媽媽們有事先提醒，姓名貼紙最好提前訂購，因為三月時配送會延遲，當時智慧連有姓名貼紙這種東西都不曉得。那天，覺得好激動又好幸福。

隔天請了半天假，教務室從八點三十分起，會依序接受課後安親班的申請。書妍決定要參加學校的課後安親班，相較於一般的安親班，在學校還可以上美術或化學實驗課，下午比較不會無聊。為了早一點去排隊，智慧七點就出門，本來以為太早到了，不料到了校門附近，卻看到媽媽們戴著帽子飛奔的模樣。智慧跟著跑過去，才發現隊伍已經從三樓的教務室排到走廊、樓梯，一路延伸到二樓走廊。英文課已經截止了，剩下可以申請的是美術、化學實驗和漢字課。書妍哭著說媽媽都不懂她，最討厭學漢字了。

隔週有新生家長訓練，智慧沒辦法參加。書妍幼稚園同學的媽媽用照片拍下學期行事曆、學校生活注意事項等通知單，用KakaoTalk聊天軟體傳給智慧。

再下一週，還有公開課程和家長總會。公司前輩說，到了小孩三年級時，參加這些活動的家長還不到一半，但如果只有自己的媽媽沒來過，小孩會很傷心，所以叫智慧趁小孩一年級時參加。智慧做好覺悟，只要今年看一下臉色就好，於是又請了一天假。孩子們像小青蛙似的，不管有沒有上課、不管教室裡有沒有大人，到處跑跑跳跳、吱吱喳喳、哈哈大笑。智慧覺得，只要孩子們不跑到教室外，或是不躺在地板上，就已經很稀奇、很乖巧了。有堂課要學生一個個走到教室前面自我介紹，說自己長大之後的願望，輪到書妍時，她似乎很緊張，身體扭來扭去，用孩子特有的語氣說：

「我～喜歡～畫畫～還有～我長大後～想當～設計師～」

啊，原來書妍想當設計師。我都不知道呢！總以為她雖然喜歡畫畫，但還不清楚具體的相關職稱。智慧心中突然湧上一陣感動，覺得自己果然來對了。

在家長總會，級任導師簡短地說明了學年營運計劃，先選出兩名班代表，然後需要七位家長擔任上學指揮交通的綠色媽媽。由於志願者只有四位，還要再選拔三位。媽媽們互相對看一眼，紛紛低下頭。老師說要是這樣，大家都沒辦法回家，軟硬兼施，最後開始一一點名拜託。智慧也被老師指名了，她回答說對不起，因爲要上班，實在沒辦法。後來，幾位心軟的媽媽自願擔任，才勉強湊齊了人數。老師也低著頭說對不起、謝謝，智慧想，為什麼老師和媽媽們要互相道歉，為難彼此？心裡實在太煩悶了。

隔天，和組員們一起喝咖啡時，智慧提到前一天總會的事。一名前輩的孩子正就讀國小，她嘆了一口氣，說：

「那間學校還算是好的。我小孩的學校叫媽媽們擔任圖書館志工、資料室志工，甚至還要監視學校鄰近的不良設施，搞得我們好像託付孩子的罪人。」

在旁邊聽的部長很不以為然。

「媽媽們還真拚命呢！我老婆從來沒參加過這種活動，我兒子的學校還是上得挺順利。他已經高三了。」

是我太拚命嗎？是沒收到任何酬勞就付出的媽媽們太拚命嗎？要感謝都來不及了，怎麼還會罵媽媽呢？智慧生氣地問道：

「部長，那你知道你兒子現在讀幾班嗎？」

部長答不出來。

下週有家長諮詢，又得請假。本來她不想讓部長批准，想要改用電話諮詢，最後還是決定請半天假，下午去學校一趟。實際上，每次休假前後，為了調整時間表，她都必須費心加班，有時週末也要工作。可是，這又不是每天都有的事，在學期初參加子女的公開課程或諮詢，並沒有錯。如果公司讓養育孩子的父母無法維持這種程度的親子關係，或是無法投資時間，那麼是不是該考慮換公司呢？像部長那樣連自家小孩念幾班都不曉得，還有像丈夫那樣認定女兒的學校活動全都是智慧的責任，這樣的人勢必應該有所改變。因此，智慧與丈夫約定好，第二學期的諮詢由他負責參加。

教練在地板上滾橡皮球。

「女生要投進右邊的籃子，男生要投進左邊的籃子，好，預備開始！」

伴隨著歡樂的吶喊聲，孩子們開始忙亂地丟球。今天，三、四、五月生日的學生一起舉辦了生日派對。家長在群組聊天室投票，決定孩子們的生日派對和遊樂時間要三個月辦一次。第一次聚會公告上寫著「地點：白虎跆拳道道場」，智慧還以為是班代表媽媽寫錯了，後來才聽說，近來常在跆拳道道場舉辦生日派對。教練準備的遊戲很有趣，加上可以盡情吃她喜歡的炸雞和比薩，書妍非常開心，不斷追問自己的生日派對什麼時候辦。

家長的角色比想像中還要辛苦、疲憊，卻不孤單也不茫然。班代表媽媽每天會用照片拍下聯絡簿，上傳到聊天室，下班之前可以確認功課和準備物品。無論是學年行事曆，或是要準備的東西，如果有疑問，可以在聊天室內詢問，有些人的家裡有就讀高年級的兄弟姊妹，對學校生活非常了解，這些媽媽都會解答大家的問題。

諮詢那一天，老師無心的一句話，成了智慧的慰藉。書妍寫錯韓文、沒有事先溫習數學、不會拿筷子……女兒這些不足之處，都怪智慧忙著上班。然而，老師笑著說：

「我也在學校教書，養一雙兒女。」

老師還說，由於學校行政有些不合理的部分，因此依然需要家長們參與免費志工服務。可是，公司因為業務量繁多，完全沒有考慮到需要養育年幼子女的員工。不僅如此，丈夫理所當然地認為帶孩子是妻子的任務，社會竟然還指責孤軍奮鬥的媽媽們「太拚命」。

然而，媽媽們不管有沒有上班，都彼此幫助，盡力扮演好自己的角色。智慧認為，該改變的不是這些媽媽，而是她們的丈夫、學校、公司和社會。

聽說書妍在安親班教室交了朋友。

總之，春天真的順利來臨了。

幸運的日子

敏貞是結婚五年的上班族。去年秋天，他們延長了目前居住的大樓的傳貰❶合約，算是半放棄了自己買房子的打算。

敏貞下班後，在電梯內遇見和她年紀相仿的隔壁女鄰居。她說剛和再開發大樓簽完約，如果有興趣的話，敏俊媽媽也去樣品屋參觀看看吧。

敏貞低下了頭。

❶傳貰：韓國的一種租屋制度，房客須準備一筆金額給房東，作為保證金和房東投資的本錢，數目可能是房價的四分之一至三分之二。租期結束時，房東須全額還給房客。

「去年秋天，保證金漲價了，我們連請約戶頭❷都空了，哪來的錢買房子？」

「那是提供給組合成員入住的，不需要請約戶頭，而且還要再過五、六年才能入住，這段期間認真存錢就行了。我們繼續當鄰居吧！」

她說，負責的課長做事非常俐落，想要的話可以幫她跟那位課長預約。敏貞一時衝動，就預約了星期六上午十點去看樣品屋。

碩俊不太情願。敏俊有可能這麼早起床嗎？妳最近在害喜，沒辦法去人太多的地方；何況根據生產線的情況，週末有可能要去加班……一一細數無法前去的理由。結果到了星期六早上，敏俊滿臉欣喜地早起了，敏貞的害喜症狀減輕，還吃了一碗飯，碩俊的公司也沒打電話來。

到了現場，已經有二十多個人在排隊。敏貞表明他們預約過，員工隨即帶領敏貞一家人來到入口。一名排隊的老爺爺碰碰碰地敲著玻璃窗，高聲喊叫：

「為什麼插隊？是要有背景才能先看嗎？」

「他們是事先預約的客人。剛才也說過了，如果沒辦法等的話，可以現場預約，下次再來。」

「我瘋了嗎？我為什麼要跑兩趟？你覺得我活不到到搬進去住嗎？我可是會活到一百歲！」

「是，老人家，您肯定會長命百歲，麻煩稍等一下。」

經過吵雜的等待隊伍，夫妻倆得意地聳聳肩。課長全身散發出典型的男用保養品香味，詢問他們想要幾坪，敏貞回答三十坪。課長點點頭，指著裝修成樣品屋的二樓。

課長、敏貞、用嬰兒背帶揹著敏俊的碩俊依序走上樓梯。樓梯有點陡，敏貞爬樓梯時，下腹部有點緊繃。一群人爬上狹窄的樓梯，另一群人下樓梯，宛如輸送帶一般，以一定的速度移動，無法暫停或是脫隊。

已經有四組人在參觀樣品屋，敏貞一家人也加入。課長隨即開始介紹。

❷請約戶頭：又稱認購儲蓄、購房儲蓄，是韓國的購屋制度，名下沒有房子的人可至銀行申請開戶，定期儲蓄，存滿一定年限後能申請抽籤，若中籤就能以低於市價的金額，認購預售屋或長期承租公寓。

「這是二十七坪的屋子，不過和三十四坪的結構相同。有兩個小房間，用開放型的櫃子代替假牆，除了主臥室的陽台之外，空間都更大，結構也很好。一家三口住的話，二十七坪就夠用了。」

其他訪客不像敏貞一家人那樣緊張兮兮地只跟在課長後面走，而是毫不客氣地進樣品屋到處看，打開抽屜，坐在椅子和床鋪上，還用手指搓壁紙，接著向看起來是員工的某人提問，彼此交換感想和資訊。

就像在美容院裡的雜誌上看到的房子，亮面衣櫃、大理石表面的流理台與中島餐桌、原木電視櫃和層板，這些都包含在基本選項之中。敏貞心想一定要安裝開放型書櫃，碩俊則想著一定要鋪上格子桌布。其實，如果加上肚子裡的寶寶，就是一家四口，不過二十七坪應該就夠用了。看到陽台窗戶上貼的夕陽照片，敏貞和碩俊不知不覺激動起來。

夫妻倆自然而然走進樓上的辦公室，坐在諮詢桌前。隔壁桌的老夫婦正在詢問何時預售，旁邊的中年男子則說既然是共同名義，那自己是否擁有二分之一棟？這些話完全是不知所云。課長拿出上面寫著「組合成員加入申請書」的文件，放在桌上，說：

「只要把每一坪想成兩千萬就行了，相較於附近的市價，這是相當低廉的價格。更重要的是，這裡是恩星小學、恩星中學的學區。由於是組合成員大樓，要過一段時間才能入住，不過入住以後，小孩剛好可以上恩星小學。馬路對面的宇星大樓，學區是分配到恩日小學。大家知道朝鮮族的小孩都念恩日國小吧❸？」

敏貞正想著五年內該怎麼存錢、還要再貸款多少錢，碩俊將一半的身體都往課長靠過去了。

「確定沒有請約戶頭也可以嗎？」

「對，因為要以組合成員身分入住，這和一般分開出售不同，還能指定哪一棟、哪一戶。對了，加入組合成員是有條件的，申請人必須是戶長，在首爾居住六個月以上，名下的三十四坪以下住宅少於一棟，請問您符合這些條件嗎？」

❸ 韓國人對朝鮮族有歧視，故如此說。

當然符合。碩俊是戶長，在首爾出生，一輩子連一棟房子都沒有。正好，有一組本來簽約二十七坪的客人，想要換三十四坪的房子，所以第一天就被搶購一空的皇室棟皇室層還剩一間。因為是自己的客人，手上還握有自己才知道的小道消息，課長顯得有些氣勢逼人。

「兩位運氣還真好。」

課長在申請書上寫上「203棟1503號」，接著說明：

「簽約金是分開出售價的百分之十，也就是五千五百萬。只要現在當場支付兩千萬，下個月再付兩千萬，隔兩個月再付清尾款即可。今天只要有兩千萬就行了。」

今天剛好，就沒有……兩千萬。傳貰貸款本來已經貸了五千萬，去年秋天保證金上漲了八千萬，他們拿出所有的存款，甚至連請約戶頭都解約了，又另外再貸款四千萬元。即使現在付得出兩千萬，他們也沒有自信可以在一個月後就籌到兩千萬，並且在三個月後籌到一千五百萬。敏貞環顧四周。難道，在這裡的人都當場就拿得出兩千萬韓圓嗎？不是兩千塊，而是兩千萬韓圓？

彷彿找到最後一塊拼圖，一切都剛好拼湊了起來，大樓的尺寸、結構、位置、入住時期，全部恰好完美吻合，也符合組合成員的資格。可是，最後卻沒辦法簽約。為什麼獨獨沒想到需要簽約金呢？敏貞和碩俊腦中轉著一樣的念頭。

就是說啊！為什麼從一大早運氣就那麼好呢？

他們的老後對策

我是律師，在瑞草洞經營個人法律事務所，最近在進行一件免費法律諮詢。

雖然我們知道彼此的電話號碼，這次卻是第一次通話。看到來電顯示「姜敏兒」這三個字，我心想：姜敏兒？那個姜敏兒？是敏兒姊姊嗎？

「妳忙不忙？現在方便講電話嗎？」

「可以，我今天休假。妳說吧！」

「啊，原來如此，不曉得有沒有打擾到妳休息。嗯，我需要諮詢，不過我認識的律師只有妳一個人而已，哈哈。」

我正在開車。早上七點三十分參加了一場早餐聚會，之後為了見辯護人而前往拘留所，就是在過去的路上接到這通電話。

為了讓她放寬心說話，我特地告訴她我在休假，不料姊姊反倒因為麻煩了我而感到抱歉。我們認識將近二十年了，卻仍然維持著彬彬有禮的關係。或許正是因為我們彼此太過為對方著想，才無法變親暱。

前陣子，敏兒姊姊的情人生病了，在很多方面遇到了困難。

「現在想想，我已經四十歲後半了，有許多事該做好準備。如果妳願意提供諮詢，那是再好不過了，要不然，轉介專門處理這種事的律師也可以。」

十年前，姊姊曾邀請我們社團所有成員參加她和情人的喬遷宴。當時，我還在準備考試，沒辦法持續參與社團活動，但還是出席了那場喬遷宴。老舊的大韓住宅公社大樓，外牆布滿又長又深的龜裂，客廳的牆上擺滿各式書籍，以及窄長的客廳桌子、桌上的花束和小相框、相框內姊姊和情人相視而笑的照片……我想起這些鮮明的畫面。那天，我喝得爛醉，最後甚至哭得唏哩嘩啦。姊姊的情人問我怎麼突然哭了，我回答說請一定要讓敏兒姊姊幸福，不要分手。我亂七八糟地說了一大堆，最後在她的懷裡沉沉睡去，入睡時依稀聽到應該是讀書太累了這些話。

敏兒姊姊的情人和平時一樣，一上班就和同事們一起出去抽菸，之後覺得肚子不太舒服，回到辦公室。隔壁的同事說：這麼快就回來了嗎？

「應該是消化不良。」

「一大早是吃了什麼山珍海味，消化不良？」

「我沒吃早餐。可是，為什麼有種消化不良的感覺呢？昨天晚餐也只是隨便吃吃而已。」

話才說到一半，就因為肚子痛到受不了，緊抱著胸口趴在桌子上，同事本來還在開玩笑，見到這個狀況，表情瞬間僵住。因為，這個症狀跟心肌梗塞過世的父親一模一樣。

姊姊的情人被同事硬拖著坐上計程車，前往附近的大學醫院，一進醫院大廳就暈倒了。跟預期的一樣，是急性心肌梗塞，必須立刻接受支架手術。在病人驚嚇之餘，院方透過公司人事課，聯絡了父母。父母守在重症病患等待室，每次會面時間，母親都會進來哭著祈禱。

敏兒姊姊也是整天都很忙碌，打了兩通電話給情人，又傳了簡訊問情人是不是很忙。下班時，她才發現訊息仍是未讀取狀態，再次打電話，結果已經關機了。儘管她覺得有點奇怪，仍心想也許是手機沒電了，先回家察看。回到家，發現家裡空無一人，情人的手機依然關機，此時，先前壓抑的不安排山倒海般襲來。姊姊不曉得情人的辦公室電話，畢竟兩人平時都用手機聯絡，沒必要打去辦公室。

姊姊搭乘計程車前往情人的公司，櫃台一個人也沒有，只看到三三兩兩下班的員工。要不要先去辦公室？還是隨便抓一個人，問認不認識情人？會不會被當作奇怪的人？就在猶豫之間，她看到一名女子頸間掛著和情人相同的員工證，從電梯走出來。

「不好意思，我來找在這個公司上班的朋友，是行銷組的崔姬靜組長。今天一整天，她的手機都打不通，有沒有辦法聯絡行銷組的辦公室呢？」

女子歪著頭沉思了一會，詢問後面的同事。

「今天暈倒的組長，是哪一組呀？」

「不就是行銷組嗎？」

姊姊踉蹌地後退幾步，女子攙扶姊姊，連忙說：

「啊，還不確定，也可能不是妳朋友。都是我害妳白擔心了。」

「暈倒了？為什麼？她人在哪裡？」

「我也不太清楚，有人說是突然在公司暈倒，送去對面的大學醫院了，也有人說是上班途中在地鐵上暈倒，移送到這附近。」

同事拍拍女子的背，對敏兒姊姊說：

「妳是她朋友吧？那打電話問問妳朋友的家人，我聽說醫院有跟她家裡聯絡。」

他們應該覺得很奇怪吧？是啊！應該沒有人光是因為聯絡不上朋友，就急急忙忙跑來人家的公司。敏兒姊姊也無法繼續追問下去。

敏兒姊姊和情人同居十年，認定彼此是唯一的家人。那個人說的家人是誰？所謂的家裡又是哪裡？敏兒姊姊什麼話也說不出來就走了。現在也沒時間難過了，當務之急是找到情人在哪裡。

敏兒姊姊立刻前往公司附近的大醫院。如果是今天暈倒送過去，那麼情人應該在重症加護室。她從二樓的內科重症加護室開始找，走到三樓的心臟內科重症加護室前，遇見了情人的母親，母親在姊姊面前下跪，哭著說拜託放過我女兒。情人的母親一開始連自己的女兒都不願意見，一直到幾年前又開始聯絡，儘管母女關係不如以往，但已經算是大幅好轉了。只是，她依然無法接受女兒的女情人。

「那天我被妳媽媽打了三十下。她說都是我害的。」

姊姊放棄似的，虛弱地笑著說，情人拉住敏兒姊姊的手緊緊握著。兩隻白皙的手，大拇指指甲鑲了一模一樣的藍色愛心石，手指緊扣，分不清哪一隻手是誰的手。我問姊姊的情人現在情況如何。

「手術很順利，不過一輩子都要服用阿斯匹靈。」

「現在該戒菸了。」

我想不到該說什麼話，只是隨口應了幾句，旁邊的姊姊附和說對。兩人都有穩定的工作，有固定收入，持續不斷進修，勤勞地累積經歷和實力；也購買了因應疾病的醫療保險和年金型保險。她們總是很忙碌辛苦，保費的負擔尤其大，不過她們就當作自己已經離開了社會的安全網，自行為老後生活預作規劃。然而，經歷過這次的事件，又覺得這還稱不上真正的老後準備。

我首先告知她們所謂的意定監護合約，若是由於受傷、生病，或是各種原因，無法料理財產和自己的生活時，能夠事先指定代替自己的監護人，只要取得公證，登記在登記簿上即可。雖然算不了什麼，可是她們並不熟悉這類程序，處理這些對她們而言可能並不容易，因此我決定幫助她們。

針對是否要做延命治療，她們預計要填寫「事前延命醫療意向書」，還要另外留下如何處理財產的遺言，並且進行遺囑公證，死亡後立即執行。由我擔任兩位社團前輩的公證人。

「法律範圍內能做的，似乎只到這種程度。我會再進一步打聽看看。」

「謝謝妳。」

敏兒姊姊的情人有禮地低頭道謝，想跟我握手。光滑而柔軟的手，溼潤但不黏膩，也不覺得乾燥粗糙。雖然只和她見過三次，我卻對她頗有好感，但願她能夠保持健康。

姊姊走出去之後，向員工詢問諮詢費的付款方式。我說不必收費，姊姊則堅持要付費，我們就像爭相往對方口袋塞車錢的老奶奶那樣互相推辭，最後我贏了。敏兒姊姊顯得有些不知所措。

「早知道會這樣，我就不找妳了。抱歉占用了妳的時間，真的很對不起，也很感謝妳。」

「我是因為自己也需要，才去打聽的，請妳不要這樣。」

這是我鼓起勇氣的告白。周遭的人似乎不怎麼在意，這些話語就這樣隨風飄散而去。另一方面，發現沒有人察覺，我也鬆了一口氣。

我曾經深愛著敏兒姊姊。好長一段時間，我獨自揪著心，覺得有太多需要了解的事，才能告白我的感情。更重要的是，我害怕表現出來。姊姊介紹情人時，我之所以如此驚慌失措，原因並不是大家想的那樣。其實是正好相反。我不斷地後悔、埋怨，其實，到現在還是一樣。

假如能像姊姊這樣，遇見共度一輩子的人，當我也要採取相同的法律措施時，我會拜託敏兒姊姊和她的情人，當我的公證人。

尋找聲音

敏珠是一名電視台主播。

那時，罷工剛過一個月。正宇上學不再是由婆婆送去學校，而是改由敏珠負責。早上八點五十分，敏珠會帶正宇去對面的小學，再跟丈夫一起去公司。他們是公司情侶，又在同一個部門工作，和丈夫在一起的時間本來就很長，罷工之後，更是幾乎天天黏在一起。然而，夫妻間的感情並未因此加深。夫婦倆都沒有工作，在沒有收入的狀態下，毫無計劃地持續這樣的生活，感情自然好不起來。

開車的丈夫一句話都不說，停車時，他不經意地問：

「從明天起，妳可以不要來公司嗎？」

每天上午，在公司大廳，會舉辦勞工工會全體集會。❹雖然是自發性的，不過只要沒有特殊情況，大部分的會員都會參加。集會結束後，主播同事全部聚在一起吃午餐、開會。除了發表聲明、處理不當調任假處分訴訟等大案件，光是聚會本身，就是有意義的場合。從其他部門被趕出來的人，留在公司裡卻無法做節目的人，偶爾繼續做節目的人……每個人都有各自的立場和感情，累積了太多誤會，罷工之後，大家每天見面聊天，逐步化解情緒。可是，丈夫卻叫自己不要去。敏珠立刻明白了丈夫的意圖。

「總之，還是該給孝親費，那是媽媽唯一的收入來源。」

「你知道我們現在負債多少嗎？」

「罷工又不會持續一輩子，很快就會拜託媽照顧正宇了。現在因為罷工，沒辦法託付正宇給她，也不好給她錢，但是等罷工結束，就能請她照顧正宇，也會給錢了。妳怎麼這樣？」

「我去跟她說。」

「媽肯定會跟妳說『好，就這樣吧！』可是說完之後，絕對會打電話來跟我抱怨的。」

敏珠關掉引擎下車，獨自離開停車場。很想喝酒，不過現在才早上。

五年前，夫妻曾經共同參與為期六個月的罷工。兩人勉強貸款買房子才剛滿一年，夫妻倆驟然沒了收入，難以負擔每個月將近兩百萬韓圓的房貸。雖然考慮過要不要搬到郊外，可是正宇才剛適應社區內的托兒所，照顧正宇的婆婆也住在同一個住宅區，實在沒辦法搬走。也想過賣掉房子，用傳貰的方式搬到附近，但是去找房屋仲介打聽過之後，卻沒有傳貰的房子。報導傳貰短缺的新聞，還曾經以敏珠家所在的地區作為實例。兩人茫然又鬱悶，申請了貸款、保單借款、負債帳戶，借貸的種類和金額都逐漸增加。原來罷工不是關乎信念，而是關乎生活。然而，連這樣的煩惱都沒辦法表現出來，因為敏珠知道，世界上還有很多勞工被

❹本文背景：二〇一二年，韓國文化廣播電視台工會舉行罷工，抗議政治勢力干預報導，要求社長下台，恢復公正報導。這次罷工長達一百七十天，卻未能獲得成果，甚至有員工遭到開除。二〇一七年八月，文化廣播電視台的員工再度發起罷工，不少記者、主播和製作人相繼中斷節目，要求社長金張謙下台。

迫處在極端又惡劣的情況，卻還是像自己這樣戰鬥。就連產生了生活好辛苦、好沉重的想法，都暗自覺得抱歉，只能懷著孤單又疼痛的心情，拚命忍耐壓抑。

然而，罷工毫無任何成果地收場了。後來，敏珠等人在公司方沒有提供任何理由的情況下，收到了依序離開節目的通知。也有同事是轉調到其他部門，製作宣傳資料、審核劇本、企劃社會事業等。有一天，在審議部工作的前輩打電話過來，冷不防地問：

「我的聲音聽起來怎麼樣？」

「什麼？」

「我不記得自己的聲音了。我自己聽到的聲音，和其他人聽到的聲音不一樣。」

在那一刻，敏珠也不記得自己的聲音聽起來是什麼樣子。雖然有些難受，但敏珠刻意更輕鬆地笑著回答：

「聽起來都一樣啊！」

實際上，不一樣了。近來，前輩說話的聲音比以前更低沉緩慢。她回家留心聽丈夫的聲音，有種稍微沉重、些許崩壞的感覺。自己的聲音、抑揚頓挫和發音是不是也變了？因為太害怕了，她不敢確認。

不到一個月，前輩就離職了。繳交離職信的前一天，她把敏珠叫出去說對不起。敏珠抓住前輩，試著說服她再考慮一次，再一起努力看看，可惜依然無法改變前輩的決定。要說不責怪埋怨，那是騙人的。但她也了解這是多辛苦、多艱難，才慎重做出的決定，所以也無法難過。敏珠把前輩留在書桌上的小仙人掌拿去養。之後，其他主播同事跟著接二連三離職。

五年多來，持續著不知何時會結束、無法保證會有結果的戰鬥，可說是身心俱疲。

展開第二次罷工時，夫妻倆對於是否要將正宇繼續交給婆婆帶、再辦一個負債存摺，產生許多意見分歧。剛好一家企劃公司來邀敏珠簽約，當時吵得最厲害。敏珠當電台ＤＪ時認識了一位歌手姊姊，情同姊妹，對方打電話來，那間公司提供的簽約金在解決生活困難後還有餘裕，其他條件也很好。敏珠也和公司的其他主播討論，丈夫聽到這件事，毫不考慮地說：

「反正我們兩個一起工作也不是很自在，有機會的話就換吧！」

非要比較的話，敏珠比丈夫還要出名。要是夫妻當中有一個人要離職，那應該是敏珠，這是彼此都有共識的協議。每當敏珠進入受歡迎的節目、每當分派到主要主持人的角色、每當和丈夫在一起，但別人只認得出敏珠時，敏珠都很畏縮。儘管敏珠這樣子，丈夫卻是擁有強大自信心和自尊心的人。

「可是，雖然我們是上班族，但也是一起組織生活的人啊。希望可以一直一起工作。」

眼見丈夫那樣淡然且無心的態度，以及太過理所當然、讓人無法反駁的話，敏珠對於自己把那些話解讀成其他意義，彷彿成為了扭曲的人，感到痛苦不堪。敏珠曾經希望，丈夫對於她的成就能像孩子一樣開心，可是這種事最後並沒有發生。不過這次，丈夫是發自內心高興。偏偏敏珠對於企劃公司的提議，以及丈夫的反應，都不覺得欣喜。

她無法想像自己當自由工作者的模樣。在公司中，無論年紀、經歷，都給予同樣的發言權；成員的意見也會適當反映在組織的營運和節目上，在敏珠的體驗中，公司就是這樣的地方，她不想離開。更重要的是，她不想在離開之後旁觀毀掉的公司回歸正常，而是想要作為當事人，歡呼著享受最後的成果。

敏珠決定留在公司。丈夫這次也淡然無心地說知道了。不僅如此，敏珠後悔了無數次。過去罷工失敗的回憶，有如噩夢般折磨著敏珠。萬一再次失敗，會不會她無論在公司內外，都無法再拿起麥克風了？在某個無法成眠的夜晚，敏珠安靜地離開床鋪，呆坐在沙發上，丈夫也跟著走出來。

「不睡覺在做什麼？」

「被妳走出來的聲音吵醒了。」

「對不起，都是我害的。」

「不是啦！最近晚上很容易醒來。」

敏珠沒想到丈夫也睡不著。她忽然醒悟，自己那麼努力地和同事們化解誤會，卻會避免和丈夫交談。兩人徹夜長談，敏珠才知道丈夫對於整個情況的看法比敏珠更悲觀，此時，她終於了解丈夫這段期間以來的判斷。

「不管是五年前還是現在，我都覺得好累。我想，這不是信念的問題，而是生活的問題。貸款、利息、育兒……這些事。」

這是頭一遭，敏珠把這些想法一股腦地傾訴出來。因為是他，敏珠才能說出這些話。

罷工超過四個月，社長終於下台，敏珠返回崗位，一些原本離職的同事也紛紛回歸。心情上，不能說是喜悅和悸動，也不能說是混亂和恐懼，而是這些通通混雜在一起，百感交集。

剛離開辦公室時，窗外的風景是路樹茂密的晚夏，如今已然是落葉覆蓋的秋天。看到一半留在書架上的小說，那瓶喝過的清爽綠茶，書桌上的仙人掌，都一如往常留在原位。那盆離職前輩留下的仙人掌，即使泥土乾掉了也沒死。敏珠朝花盆澆水，擦拭灰塵，才有了前輩已經不在的真實感。再過不久，就會任命新社長，節目會正常化，公司也會逐步恢復安定，然而，那些離開公司的同事卻不會再回來了。這點最令人心痛。

敏珠眼眶泛淚，和屏風對面的丈夫四目相接。丈夫用嘴型無聲地說「辛苦了」，敏珠回答：「你也辛苦了。」

再次發光的我們

我是被韓國高鐵 KTX 解雇的女乘務員。

叮咚叮咚。

玄關響起門鈴聲。我迅速抱起女兒，安靜地躲到廁所。

「媽媽，怎麼了？」

「噓！」

「為什麼？為什麼啊？」

我將聲音壓得更低，向女兒懇求：

「噓！噓！瑞書啊，拜託。」

女兒張大了眼睛，躲進我懷裡。溫暖、柔軟、嬌小的身軀，散發出芳香的孩子氣味。女兒沒辦法維持不動，不停扭動身子，我緊緊抱住她，就這樣不曉得在馬桶上待了多久。過了一會，女兒用如同微風吹動的微弱聲音問道：

「媽媽，還不能說話嗎？」

我小心翼翼轉開廁所的門把，盡量不發出一丁點聲響，打開門，專注聆聽外面的動靜。我要女兒安靜地坐在馬桶上，走到玄關，透過門眼觀察外面，東張西望，確定走廊上沒有人後，才將女兒從廁所帶出來。接著收到了手機簡訊：「家中無人，宅配配送至警衛室完成」。我心想並沒有宅配的東西，很好奇是什麼，同時又感到虛脫，也對女兒感到抱歉。

我欠了很多錢。是超過一億韓圓的債務。那筆錢，本來是在二〇〇八年開始的勞工訴訟一審和二審時，法院判決韓國鐵道公社積欠我和同事的薪資。然而，大法院隨即推翻判決，要我們在四年內償還先前所領取的薪資，共八千六百四十萬韓圓。

這段期間，這筆錢早就當作生活費全部花光了，根本沒有剩餘的錢，再加上每個月的利息一百萬韓圓，要償還的金額就超過了一億韓圓。我無力償還，也無法償還。一旦還錢，就等於接受「我們不是韓國鐵道公社勞工」的判決。

我們在群組聊天室內，收到了法院已發出支付命令的消息。有同事以為是郵件或是宅配，在無意之間收下了；也有同事是因為法院人員不分晝夜、不顧平日或週末，用力敲門，怕吵到鄰居而不得不收下。之後，我只要聽到門鈴聲，就會不由自主地膽戰心驚。已經很久沒有訂購宅配或是外送，甚至是聽到孩子的玩具聲就引發痙攣，丈夫只好取下電池。更重要的是，我擔心夫家得知這件事。公婆是非常好的人，相當疼愛我，可是全然不知我背負這麼龐大的債務。

如果十三年前，我沒在就業指導室前看到那份公告，如今的我會是怎麼樣？雖然這是毫無意義的假設，但我偶爾還是會想。**轉換正職、保障適齡退休、適用公務員的待遇**……我至今仍記得這些句子。

乘務員被稱為「地上之花」。我在韓國鐵道公社的子公司工作了兩年多，因為公司未能遵守正職的約定，我參與了罷工抗爭，結果遭到解僱。後來有人再次回到子公司，很多人基於諸多原因放棄抗爭，也有人要求復職和直接僱用，一直抗爭到現在。剛開始參與罷工的女乘務員約有三百五十名，現在只剩下三十三名，我也是其中之一。

集中抗爭的期間，首爾車站公開舞台曾經舉辦祈禱會、文化祭和脫口秀演唱會。我曾經帶瑞書參加祈禱會，她不想坐在嬰兒推車上，哭個不停，我試著安撫她，最後只好中途離開。脫口秀演唱會那天，我壓根不考慮要帶瑞書去，偏偏無處可托兒，只能無奈地跺腳。這時候，丈夫打電話來，說下午請了半天假，叫我準備出門。我匆匆料理女兒的點心和晚餐，正要換衣服，丈夫打開玄關門走了進來。他一出地鐵，就全力衝刺跑回家，臉上滿是溼漉漉的汗水。

「我會快去快回。」

「慢慢回來就好。」

這句話，比任何加油或應援都還要踏實。我搭乘地鐵前往首爾站，途中不斷想起丈夫叫我慢慢來的聲音。

舞台上有螢幕，跟兩張主持人和來賓專用的椅子，同事在舞台後面掛上「罷工四千日對話」時拍攝的紀念照。我也跑過去，協助固定照片。

「幫我看看兩邊有沒有平衡。」

支部長就像面對一起工作的人那樣，泰然自若地說。等照片都掛好，她左顧右盼，詢問：

「孩子呢？」

「嗯，孩子的爸下午請了假。」

「做得好。」

剩下的同事中，有一半跟我一樣成為全職主婦，另一半轉行做其他工作，分散在京畿、江原、釜山、海外各地，很難如以往那樣積極活動。對於辛苦的支部長和總務，只覺得抱歉。

活動時間快到了，同事們姍姍來遲。當中也有好久不見的面孔。雖然大家在群組聊天室裡持續分享消息，可是由於各種原因，無法經常碰面。有的同事沒地方可托兒，就帶著小孩一起來。一些孩子是還小的時候見過的，一些孩子是只見過照片的，現在都長得這麼大了。我再次領悟到抗爭已經持續太久的事實，還有大家各自忙於生活的事實。我們宛如見到久未謀面的同學，彼此問候，也問候無法前來的人。

我們以抗爭過程的簡短影片展開活動。畫面中的大家呼喊口號、削髮、爬上三十公尺高的照明塔、靜坐、哭泣、坐在被逮捕的人身邊。偶爾也會看見我的臉，真年輕哪！看起來好土，好緊張。每個地方都會有熱衷於抗爭的人，也有不熱衷參與的人。有時候會彼此埋怨、嘆息生氣，也會爭執說誰不忙呢？誰沒孩子呢？復職的話要怎麼上班？然而，看到同伴穿結婚禮服的模樣，自己也像送姐姐出嫁般不捨；聽到有人生小孩的消息，自己也像妹妹生小孩般激動。

十多年的時光，大家共同經歷了許多事。脫口秀演唱會的來賓是首爾市長，市長認為，KTX乘務業務是負責乘客安全的工作，讓乘務員正職化是正確的。觀眾席傳來熱烈的掌聲。

「我們向公司提起的訴訟，送到大法院之後宣告敗訴，又被控告第一、二審訴訟後領取的薪資屬於不當利益，要求歸還。關於這個判決，您有什麼看法？」

「身為法律人士，我認為這是不容許的判決。」

聽到這理所當然的答案，不知道為什麼，我卻快哭出來了。環顧四周，其他同事也同樣哽咽。韓國鐵道公社的社長、大法院的法官、鎮壓的警察、已經放棄的舊同事……無數張讓我們憤怒絕望的臉掠過眼前。

在這個過程中，還聽見毫無努力就想成為正職員工的譴責。即使表現得很堅強，但每次聽到這樣的話，都有種被推到懸崖邊緣的心情。在這個公開的場合，聽到公共機關首長說我們是對的，帶給我們一些安慰。

我沒參加活動後的聚會，急急忙忙趕回家。女兒已經入睡，丈夫問不是叫妳慢慢來嗎？怎麼這麼早就回家了？我走進房間換衣服，拿出掛在衣櫃最右邊的制服。現在，制服的設計都變了，加上生小孩以後變胖，腰腹的部位早就太緊，然而我結婚和搬家時都捨不得丟。這件衣服還穿不到兩年。大法院判決出爐時，我一度後悔，心想這是必輸無疑的戰鬥，只是徒然浪費年輕時光罷了。

現在，我不這麼想了。如果只是為了復職，根本沒辦法撐這麼久。我不會將不穩定的僱傭環境視為理所當然，不會以費用和效率來計算乘客的安全，不會把女性的工作限縮為臨時和輔助性質的工作。我依然年輕，鬥爭尚未結束。

第III部

祝外ㄆㄡˊ身ㄊㄧˊㄐㄧㄢˋ康

廚師的便當

秀彬的媽媽擔任學校供餐廚師，已經第八年了。

學校發下家庭聯絡單。秀彬想著大概是升學面談，或是關於校園暴力的相關印刷品，應該不用看，於是隨便摺起來夾進筆記本。這時，旁邊的朋友自言自語地說：

「又要罷工了？要買三角飯糰來吃了。」

原來是一張通知書：因廚師罷工，下周四、五兩日中斷供餐，請自行準備午餐便當。雖然要隨便解決一餐不算太困難，不過麻煩就是麻煩。

之前罷工時，學校正門前的中國餐廳湧入大量學生，儘管已經做好準備，但商店裡的紫菜包飯和三明治還是在瞬間一掃而空。班上的同學們覺得煩，媽媽也很麻煩。秀彬想起媽媽。媽媽待的學校又怎麼樣呢？媽媽現在是什麼心情呢？通知單上並沒有寫罷工的原因，秀彬用智慧型手機搜尋新聞報導。

全國學校非正職勞動組合近來預告將發動爭取正職的總罷工，他們要求提供改善學校非正職勞工待遇的綜合對策、最低薪資一萬韓圓、工作年資津貼無上限等……

秀彬接著查詢非正職、最低薪資、工作年資津貼這些詞彙。雖然不是陌生的詞，可是實際上，她並不了解確切的定義和相關法令。每週，秀彬要學習兩個小時的經濟科目。決定薪資的考慮原則──同工同酬、外部公平性、內部公平性、最低生活費……考試前一邊轉動鉛筆、一邊認真學習的內容，她現在已經可以流暢地背誦，只是，那樣學習、背誦的內容，卻無法和現實連結起來。

那天晚上，秀彬安靜地將通知單放在餐桌上，若無其事地說：

「我決定跟朋友出去買辣炒年糕，不用擔心。」

「妳跟靜仁兩個人嗎？」

「不，我跟靜仁、孝慶三個人。」

媽媽慢慢點頭。

秀彬與妹妹分別就讀國小三年級和一年級時，媽媽開始在她們的學校工作。秀彬的級任老師把學習照片上傳到網路上，媽媽登入學校網頁時，看到了招募廚師的廣告。後來在校長室接受簡單的面試，媽媽自己回想起來，都覺得回答得實在太好了。

「我的兩個女兒都在這裡上學，學生們就像我的女兒，何況我自己的女兒也會吃。您應該可以想像，我會多用心準備食物吧？」

本來以為只是暫時的兼職，因為臨時休假跟寒暑假都可以和女兒一起放假，要養育孩子，沒有比這更適合的工作了。沒想到，工作本身很辛苦。穿上作業服、長靴、圍裙、衛生帽，熱到汗流浹背；連續幾個小時待在火爐前工作，好幾次由於腹部靠近瓦斯爐，肉被燙得紅腫，甚至還會搔癢，心想這樣下去就糟了。好在秀彬的媽媽只是遇到些許燙傷和挫傷，經常聽說有些廚師由於嚴重受傷，造成了永久障礙。

營養師盡量採購低廉、不需處理的材料。在有限的預算內，如果想再加一道菜，除了讓廚師們多做一點工作之外別無他法。沾了泥土、有皮和根的蔬菜，那是最基本的。菜單上是咖哩的那一天，媽媽使用削皮刀，將在龐大醃菜籃內堆得滿滿的紅蘿蔔和馬鈴薯去皮；做泥鰍湯時，活跳跳的泥鰍從桶子裡跳出來，四處竄逃，甚至跑進下水道，為了抓住滑溜溜的泥鰍，料理室亂成一團；炸魚排也不會直接用冷凍食品，而是將魚處理成一小塊無刺的肉，裹上麵粉、蛋液、麵包粉後油炸；還買了沒炒過的黑芝麻回來，經過拌炒後研磨，連醬料都自行製作。

工作越來越辛苦。隨著料理室和配膳室擴大，要管理的空間變大了；配合學生人數，廚師的人數隨之縮減，業務量卻持續增加。再加上大家對於學校供餐的期待頗高，不僅小菜數量變多，料理法也變得更加繁複。

幾年前，配膳員幾乎減半，所以連配膳業務都落到廚師身上。然而，秀彬的媽媽總是說工作很愉快。

「看到孩子們津津有味地吃東西，就覺得怎麼會這麼可愛又充實。一年級生拿著餐盤排隊，說『請給我一塊泡菜就好』、『請給我十塊豬排』，真的好可愛。等他們稍微大一點，開始想要減肥了，就會說『請給我一點點就好』，那也好可愛。」

「所以妳只給一點點嗎？」

「不，畢竟還在發育，當然要裝一樣多。孩子雖然會嘆氣，但之後還是全部吃光了。」

秀彬也吃著媽媽製作的食物，讀書、運動、唱歌，逐漸長成了高中生。

下一個星期四的早晨，鬧鐘還沒響，秀彬就醒了。答答答答……瓦斯爐點火的聲音，水槽嘩啦啦的水聲，東西碰撞的聲音。她走出來，發現媽媽在秀彬家的四人家庭用便當盒裡裝了菜餚。

「我放了很多，妳和靜仁、孝慶三個人一起吃，知不知道？」

「我都說去買辣炒年糕就好了。」

「吃麵粉會想睡覺，好好吃飯認真讀書。」

「媽媽為什麼那麼辛苦……」

「就是說啊！媽媽們應該很辛苦吧。大概也有些孩子只是隨便填飽肚子。」

媽媽長嘆一聲。媽媽的學校也罷工兩天。過去八年來，媽媽參與了兩次罷工，每次都非常辛苦。全家人都默默吃著早餐，媽媽似乎刻意說話，轉變氣氛。

「最近的小學生真是無所不知。昨天配菜時，小朋友問我：『阿姨，妳會罷工嗎？為什麼要罷工呢？』」

「那妳怎麼回答的？」

「我說，你們長大以後，不要像阿姨這樣過日子。」

「像媽媽這樣過日子又怎麼樣？」

秀彬泰然自若地吃完飯，還不忘感謝媽媽做的便當，出門去了。然而，進了電梯，眼淚卻不聽使喚地滑落臉頰。媽媽對於自己的生活是怎麼想的？妹妹國小畢業典禮結束後，由於爸爸堅持非吃炸醬麵不可，秀彬一家四口前往中國餐廳。當時秀彬吃著炸醬麵和糖醋肉，問媽媽：

「現在，媽媽不需要抱著做菜給女兒吃的心情工作囉？」

「我從來沒有抱著這種想法。」

「妳面試不是這樣說的嗎？當作是要做給女兒吃。」

「那是為了通過面試才說的。我在家是以媽媽的心情做料理，在學校是以廚師的心情做料理。」

然而，媽媽也常把這些話掛在嘴邊：「如果能加薪就好了，不管累積多少資歷，薪水還是少得可憐。如果能再找一些人來工作就好了，工作實在太多，我總是很著急，才會常常被燙傷、割傷，讓人很不安。」

一打開便當蓋，朋友們高聲歡呼。紅燒魷魚、炒牛肉、燉蓮藕、培根炒馬鈴薯、青花菜芝麻沙拉、醃黃瓜和泡菜。

「這些都是妳媽媽做的？不是買來的嗎？妳媽媽是主廚嗎？」

「嗯，差不多，是廚師。」

每吃一道菜，朋友們都讚嘆連連。做的菜這麼好吃，學生這麼喜歡，媽媽是這麼優秀的廚師，希望媽媽能實現心願。至少，不要讓媽媽抱著不安的心情工作。那一天的午餐，秀彬哽咽到幾乎吃不下。

駕駛達人

我是在首爾駕駛巴士的女司機，四十幾歲。

昏暗的車庫裡停滿巴士，同事們調整好後照鏡、準備好零錢箱，發動引擎，準備出發。男性司機聚在車庫角落抽菸，一開始我還考慮過加入他們，想著要不要去學抽菸。

轉動鑰匙，發動巴士。雖然有些辛苦，不過頭班車還算順利。安靜奔馳的車子，充滿活力的早晨，熟悉的乘客，今天是經常遇見熟客的日子。有的乘客說好久不見，有的乘客喊我姜英熙司機。我曾經好奇他們是在哪種公司任職，但我從沒問過對方要去哪裡，心想大概是跟我一樣，是很早就展開一天的人，要度過漫長一天的人。唯獨見到穿軍服的青年搭車時，我沒辦法視若無睹。

「國軍最近休假嗎？」

「我們？對，今天要回營。」

「你的部隊在哪裡？怎麼會搭第一班車？」

「我要先回學校一趟，有點緊急的事需要處理。」

「原來如此。我家老二也在當兵，只剩下兩個月。」

「啊，好羨慕，我也期待退伍的那一天。」

他手臂上的二等兵標誌映入眼簾。是新兵休假嗎？我憶起把年幼的孩子們留在家中，自己去上班的那些日子。我會在抵達車庫之後、開始駕駛前，抽空打電話回家，遠端催促孩子們快點起床吃飯去上學。如今，兒子都長大成人了，一個已經退伍，回到學校念書，另一個也快要退伍了。

在老二小學三年級時，我去學了開車。孩子到了可以獨自上學、也能上補習班的年紀，身邊的媽媽一個接一個開始工作，只是，像我們這樣沒有特別專長也沒有經歷的主婦，能做的工作不多。大部分的人都在百貨公司或超市當銷售員，要不就是在餐廳做菜。當時，我到底是怎麼想的，才會登記去上駕訓班呢？

經過一年的社區學院接駁巴士、三年的村莊巴士、四年的京畿巴士，好不容易調到首爾，不知不覺，我已經成了駕駛經歷十四年、首爾巴士經歷六年、無事故記錄的駕駛了。現在，我也不覺得辛苦，頂多是要注意在近來行車路線中，會有一些大學醫院和傳統市場的年長乘客。請快點抓住把手，請坐下，停車之後慢慢站起來再下車，總要像這樣不斷叨念著。

本來以為今天也是平靜又無聊的一天，一名男子搖搖晃晃搭上巴士，就像是在提醒我不要太鬆懈。一開始，我以為他是急著上車，才會失去重心。那個人穿著整齊的西裝，打上領帶，臉色一點也不紅潤，可是，就在他握住駕駛座旁的立桿時，傳來了濃厚的酒味。我的肩膀緊繃起來，汗水從頭上流下。察看時鐘，是中午十二點二十分。怎麼會在這個時間喝酒？

「我把交通卡放在皮夾裡了，大嬸，收現金嗎？現金？」

「是的，請投入零錢箱。」

男子將零錢咚隆隆丟入零錢箱，聲音聽起來卻有些輕盈。如今，我光是聽投錢聲，就知道是不是少放了錢。

「零錢聲好像太輕了？」

男子不發一語，坐進駕駛座後方的座位，用力一踢隔板。

「大嬸？妳現在是要抱怨我喝酒嗎？嗯？巴士也會坑人錢嗎？」

駕駛保護隔板和監視器出現後，惹事生非跟搗亂的乘客大幅減少，好久沒遇到這種可惡的乘客了。換作之前，我會假裝沒聽到，就這樣算了。然而現在，我不願意這樣做。我不是為了拿到車資，也不是想趕他下車，只是想告訴他支付的車資不夠。

人上了年紀，就會想要隨遇而安，不想咄咄逼人，就算稍微吃點虧也不可惜。可是，只要我握住方向盤，就會變成認真的司機。既然我已經累積了這麼長的資歷，就算不是為了自己，但是為了後輩的女司機，也該這樣做。我朝乘客大聲說：

「各位，我要帶這個人去警察局，會稍微繞一點路。請大家見諒。」

說完，坐在巴士後座的一名年輕男子走過來，坐在醉漢後面的位置，說：

「大叔，安靜地離開吧！因為大叔的關係，竟然害這麼多人繞路。」

醉漢伸手按下車鈴。

「警察局就算了！我下一站就要下車。我要下車，該死的巴士，司機和乘客都可惡！」

每次行駛新路線時，都會事先打聽鄰近的警察局與派出所。公司如果招了女司機進來，最先告知的，也是警察局和派出所的位置。因為開車時無力對付醉漢和滋事的人，遇到這種情況，要立刻開往警察局和派出所鳴警笛，警察就會處理，這比打112報警更快速，也正確。

酒醉的男子在下一站搖搖晃晃地下車了。

儘管仍心有餘悸，我再次開車。對付醉漢的年輕男子往前坐了一格，從位置上起身，伸長脖子看零錢箱。

「真的不到八百韓圓嗎？」

「什麼？」

「剛才那位喝醉阿伯放的零錢，真的不是八百韓圓？」

我有些煩，拉了一下手把，讓零錢落入箱中。

「司機小姐真的聽聲音就知道？」

「啊，對。」

「哇，司機小姐駕駛巴士幾年了？」

今天的乘客怎麼都這樣？我沒回答。有一次，我遇到一位想駕駛巴士的男乘客，他問了各種問題，在終點下車，等我又繞了路線一圈，過兩個小時之後回來，發現他居然還等在終點站。他纏著我說要一起去喝杯燒酒，再聊一下天，令我困惑不已。從那以後，我因為太害怕，除了開車時必要的溝通，都盡量不和乘客交談。

發現我不發一語，男子連忙澄清說我不是壞人。人們所說的話當中，最不值得相信的就是這句話。我不是壞人。

「其實，我是《尋找達人》的製作人。司機小姐聽聲音就知道錢對不對嗎？有沒有辦法猜到是一百韓圓的硬幣，還是五百韓圓的硬幣？連總金額都聽得出來嗎？還是只能判斷車資對不對？妳想不想來上我們的節目？」

《尋找達人》。我也常看這個節目。閉眼穿針的刺繡達人，每次都能秤出相同重量的白飯的壽司達人，連米粒都能雕刻的印章達人……想到他們為了聽見別人叫一聲達人有多辛苦，我的心彷彿糾結在一塊。可是，他卻叫我達人。而且怎麼偏偏是猜硬幣達人？我空虛地笑了一聲。

「我不要猜硬幣達人。以後如果有駕駛達人，我再去上節目。」

抵達車庫，我從入口倒車入庫。

「姜司機在做什麼？怎麼了？」

「啊，沒什麼，只是想這樣試試看。」

我笑了，金司機也笑著走過去。每天平安駕駛九小時的車，如果這算不上達人，那算什麼？不過今天，我的人生又多了一個目標。總有一天，我要以駕駛達人的身分，參與《尋找達人》。

工作了二十年

真淑是國會清潔工。她在派遣公司底下工作了十幾年，直到二〇一七年一月一日，才改由國會直接僱用。

工作結束後，手腳重如千斤，還要拖著疲憊的身體搭乘地鐵，轉搭公車，再爬上陡坡，這四十多分鐘的回家路途總是很艱辛。然而，今天即使手上多提了沉重的行李，依然不覺得辛苦。真淑將裝了油菜籽油的紙袋從右手換到左手，接著又換到右手，臉上笑嘻嘻的。

禮物內，放了一封國會事務總長的信，上面寫著：「經過這麼長一段時間，我們終於成為一家人。再次恭喜您。我也會盡全力協助。」

這是她初次領到年節禮品和獎金，月薪也微幅調升。

IMF❶當時，真淑的丈夫被公司「名譽退休」。雖然用退休金開了一家炸雞店，可是生意不太好，這樣下去的話，連好好養育孩子都很難，所以真淑也出來工作。她做過餐廳的工作，賣過健康食品和保養品，也照顧過別人家的孩子，卻都很短暫。身為缺少經歷、不具備特殊技能的主婦，沒有什麼長期穩定的工作能做。因此，真淑經由一起賣保養品的舊同事介紹，進入了國會。

從清晨五點到下午四點，掃地、擦拭、整理、清理垃圾桶……這些都是預期的工作，不過勞動的強度超乎預期。只要到了國政監察季節或是年底，常任委員辦公室所在的本館就會有很多外來人士出入，三樓、本會議場也有許多學生參觀。往往剛倒完垃圾桶，在清理下一個垃圾桶時，第一個垃圾桶又滿了。清潔員忙碌地在每間廁所清理垃圾、整理周遭環境，每次整頓清理過，衛生紙沒了、馬桶堵住了、水流出來了的抗議依然接連不斷。

真淑工作的十幾年當中，換了三次外包廠商。有時由於廠商倒閉，導致退職的人領不到退職金；也有廠商不肯發放新的工作服，或是不補充清潔用品，清潔員只好用自己的錢買，舊衣服也連穿好幾年。

資深的真淑出面抗議，結果整個夏天都被分配去清潔外牆，整天站在太陽底下擦牆壁，頭暈目眩。被盯上的人，會被分配到工作比較辛苦的區域。公司看交情僱用員工，形成小圈圈，出現派系。真淑過了許多辛苦的日子，同事不打招呼、不轉達公告事項、不一起吃飯……雖然知道是派遣公司刻意造成這樣的氣氛，但因為怕下次無法續約，有苦也只能往肚裡吞，反而還要照顧自己的同伴保持距離。

「要是跟我太親近，妳們搞不好也會被排擠。就裝作不認識我。」

下班後的午後，真淑在地鐵站偷偷和同事們見面聊天，突然悲從中來。

又不是要當公務員，也不是要把薪資調高，只是想要像個人一樣工作啊。真淑和同事將全體的意願寫成直接僱用訴求聲明書，卻遭到當時的執政黨反對。一名議員表示，**假如清潔工成爲無期限簽約職，動不動就高喊「保障勞動三**

---

❶ 一九九七年，爆發亞洲金融風暴，韓國受到影響，經濟陷入巨大危機，韓圜貶值，企業接連破產。十一月，韓國政府向國際貨幣基金組織（ＩＭＦ）申請緊急救助貸款，條件是韓國的經濟政策必須受到ＩＭＦ監督，開啟韓國的「ＩＭＦ時代」。二〇〇一年，韓國宣布償還最後一筆貸款。

權」罷工的話，那該如何管理？這是在營運委員會會議中提出的話，真淑透過國會轉播影片看到的。

每逢開工儀式、懇談會或是尾牙之類的活動，她們一定參加，告知清潔工是在怎樣的環境、如何工作，也設法聯繫市民團體、國會議員聚會、勞動組合。剛開始雖然會擔心會不會跟我們見面，會不會聽我們說……相當沒有自信，不過還是硬著頭皮上了，請求對方協助，出一份力量。

剛好就在這段期間，發生了兼職的同事沒辦法繼續工作的事件。一些年紀大的同事是以六個月為單位和派遣公司簽約，然而，公司竟突然表示不能再續約。

在原本約定重新簽約的那天，真淑等人向人力派遣公司苦苦請求：他們還身體健康，工作也很認真，請不要搶走他們的工作。可是，不管怎麼抗議都毫無用處。後來，同事依舊收到「從明天開始不用上班」的最後通知，窄小的休息室充滿嘆息和啜泣。真淑覺得，這件事遲早也會發生在自己身上。

「大家起來！各位姊姊，難道妳們要這樣坐著，默默承受嗎？」

她們在附近的辦公室借了紙和筆。「遵守重新簽約的約定！」「我們還能工作！」「工作了二十年。」字跡有些潦草，她們在緊急之下，拿著手寫的牌子，站在事務總長室前。「這樣下去，連我也會被開除……」真淑心想，舉牌的手微微顫抖。

事務總長結束外部行程回來，嚇了一跳，將真淑和同事叫進辦公室。這是她們第一次在不是要打掃的情況下進入事務總長室，也是第一次在那裡喝咖啡，第一次和事務總長談這麼久的話。後來，事務總長說服人力派遣公司，和那些同事重新簽約。

決議新年預算案的那一天，儘管真淑已經下班回家，全副心思卻都惦記著國會。這是因為，她聽說要將清潔工的薪資改成以「直接僱用預算」編列，而非「管理服務費」。會議拖了很久，清潔工薪資幾乎是最後一項議程。真淑懷著焦灼的心情，等待本會結束，反覆不小心睡著又突然驚醒。等到真淑的手機鈴鈴地響起時，已經是隔天四點，她收到預算案通過的群組訊息。意思是，現在清潔人員不需要透過人力派遣公司受僱了，是直接被國會僱用。

真淑高興得跳起來高聲歡呼，擁抱被吵醒的丈夫，哭了好一會。丈夫拍著真淑的背說這段期間辛苦了，做得很好，我以妳爲榮。

新制服上有國會標誌，她們也有了員工證，代替出入證。以往所屬欄寫著人力派遣公司的名稱，現在則是寫著國會。假如有事情需想要傳達給國會，可以直接詢問事務處和營運支援課等，商量之後再行公告。不必再透過人力派遣公司轉達事項，溝通順暢。勞資雙方能夠處在相同的空間內，觀看、對話之後再決定。真淑相信工作環境會變得更好。本館的週末值班人員已經從一位增加為兩位，之前只要值班，就會全身痠痛。

本來被人力派遣公司抽走的中間利潤也回歸勞工身上，她們有了福利卡、年節獎金和婚喪喜慶等員工福利。年初，有個同事的母親過世，真淑前往喪禮儀式會場，看到印有國會標籤的免洗器具、盤子、杯子，原來國會支援了葬禮用品。聽到來弔唁的人之中，提到似乎是有家人在國會工作，真淑頓時感到欣喜。同事噙著淚水，說：

「媽媽每天都說：『都是我沒把妳教好，妳才做這麼辛苦的工作。』才不是呢！我做的工作這麼有成就感，這麼讓我驕傲。我對媽媽盡了最後的孝道。」

真淑每到休息時間，就會和同事們一起去咖啡館。本來覺得不能穿著清潔工的制服出入這種地方，所以十年來，進咖啡館的次數屈指可數。現在，要進辦公室打掃時，或是在員工餐廳吃飯時，都會先打招呼。以前要打招呼，都怕會引起對方不悅，總是畏畏縮縮的。如今，才真的覺得這裡是「我的職場」。

「身體健康！」

「我們要健康！」

近來，同事們會用「身體健康」互相打招呼。為了一起長長久久地工作，可別生病了才好。

工作環境比之前來得好，這是事實，但她也不想就此滿足。假如可以不去比較誰的工作比較辛苦、誰的工作比較不辛苦，大家公平地工作，那就好了；照顧孫子時、丈夫生病時、發生突發狀況時，假如可以早點上班或是早點下班，那就好了。更重要的是，希望工作可以更長久。真淑會一如以往，不輕言放棄，繼續爭取。

媽媽日記

「現在，請心懷感謝，以及會好好過日子的覺悟，向養育出這位美麗新娘的父母親致意。」

女婿平舉雙臂，雙膝跪下，行了大禮，靜亞低著頭起身，緊咬下嘴唇，忍住淚水。我迅速擦掉順著右頰流下的眼淚。不能讓靜恩看見。並不是因為靜恩的關係，只是我在婚禮時總想到靜恩，對靜恩和靜亞感到抱歉。

◍

靜恩回到家說她要離婚，說她再也沒辦法和潤女婿待在同一個屋簷下相處，那一天恰好是我們夫婦三十五週年的結婚紀念日。丈夫似乎完全忘了，只說有登山聚會，一大清早就出門，靜亞好像也要和男友約會，在傍晚外出了。我準備自己要吃的晚餐，卻不覺得寂寞淒涼或難過。將前天吃剩的鮪魚泡菜鍋放在瓦斯爐上加熱，正從冰箱拿出冷飯和配菜時，我突然覺得太麻煩，又將配菜放回冰箱，把飯倒進鍋內，攪拌燉煮，溫熱以後舀了一匙來吃，不知不覺就站在瓦斯爐前吃光了。

立刻洗好碗，喝著三合一咖啡，坐在電視前。電視上播著探討低生育率原因和對策的特別專題報導，說年輕人不結婚，就算結了也很晚婚，而且也不生小孩。原來是這樣啊，一切都是為了錢，房價過高，養小孩會花很多錢。可是，這些才是活著的樂趣啊！現在的年輕人不明白，即便手頭不寬裕，但能在這種環境和家人和睦相處，懷抱熱情過日子，也是一種幸福。

關掉電視，牆上時鐘的滴答滴答突然變得很大聲。靜亞從小就宣告她不要結婚，要一輩子單身。每次她發出這樣的宣言，靜恩就會說這樣講的人會最早嫁人，我則說老了獨自一個人會很孤單。然而，雖然我自己是結婚了，也和家人一起生活，而今房子卻空蕩蕩的。不只三餐胡亂應付，還要處理家人製造的、無盡的家事……

結婚前，我在一家小型金融機關上班，打算累積資歷，轉職到規模大又穩定的金融公司。可是，終究敵不過母親的催促，在相親的場合遇見了丈夫，突然結婚，也自然而然辭掉工作。不過，我並不後悔。丈夫和孩子都很優秀，有能力，對家庭也很忠實；我自己也是每天安排時間，喜歡在完成所有行程之後，夜晚獨自安靜地休息。我沒有什麼不滿，也沒有不舒服、辛苦或悲傷的事。

但是，我幸福嗎？這是否稱得上和睦熱情的生活呢？我沖洗咖啡杯，放到架上時，丈夫跟靜亞一起進來了。說是在回家路上的斑馬線碰巧遇到，兩個人似乎都喝了酒，滿臉通紅。靜亞走過來，雙手在胸前交叉，說今天和男友吃了好吃的壽司，卻一直想到媽媽，下次一定要一起去吃。

「好，下次叫爸爸請客。」

「不，不要。我要跟媽媽單獨去吃！我請媽媽吃。」

酒氣沖天的三十歲么女這樣撒嬌，我不禁失聲笑了出來。對，就是這樣，這就是和睦熱情的生活。就在我糾結的心放鬆下來的那一刻，靜恩忽然走了進來。

這段期間，靜恩偶爾會表達對潤女婿和婆家的不滿，但我以為都是媳婦常有的抱怨，從未認真看待。靜靜傾聽的丈夫問靜恩：

「那妳有什麼打算？」

「正在考慮結束婚姻。」

太措手不及了，我不知道該怎麼回應。靜恩和靜亞回房休息，我和丈夫回到臥室躺著，可是無法入睡，口乾舌燥。丈夫說：

「今天已經晚了，明天妳去打電話給潤女婿。」

「我？我為什麼要打？」

「要好好安撫，叫他帶回去啊！」

「他們是小孩嗎？我們為什麼要介入？」

「那妳想讓他們離婚嗎？」

「我可沒說要離婚，可是我也不會說絕對不能離婚。我們家靜恩是聰明又有打算的孩子，她會自己判斷，選擇怎麼過日子。」

丈夫突然提高音量。

「妳怎麼把女兒養成這樣？女孩子家的，還不懂得收斂一點，大家都自以為了不起。難道妳不擔心靜恩嗎？女人一個人住會怎麼樣，妳到底知不知道啊？」

「那你知道今天是我們的結婚紀念日嗎？」

我也不知道為什麼會突然脫口說出這句話。不過看到丈夫緊閉雙唇，我發現，這也不是完全跟情況無關的話。丈夫說得那麼擔心靜恩，彷彿非常了解女人獨居是怎麼回事，結果沒多久就沉沉睡去，鼾聲如雷。那天晚上，我徹夜難眠，反覆咬著嘴唇又鬆開，就這樣熬到早上。丈夫真的以為我不擔心靜恩嗎？真的以為我不曉得女人獨自生活是怎麼回事嗎？他以為我覺得一名女子和家人同住，生活會過得比較好嗎？

不知道靜亞男友那邊是不是已經聽說了，在提親時，親家沒問任何關於大女兒的事。靜亞結婚前的最後一個生日，我們和準女婿一起吃飯，狀似自然而愉快地只提到和靜恩工作有關的事。

靜亞就像當時的靜恩一樣，從容地和男友籌備結婚。婚禮儀式的會場預約了下午一點，去看了房子，去挑禮服會晚一點到，去拍了婚紗照，家具送來了，要去看看……她只是這樣通知我各種事情。我想她說不定是怕姊姊傷心，所以在家裡總是不多提，但又好像不是那樣。有天晚上，姊妹倆喝著啤酒，翻閱家庭用品和家具目錄，一起挑選，靜恩直率地給予建議。

「不，雖然你們只有兩個人，可是衣物都會累積到週末，待洗的衣物非常多，通常要洗兩次。洗衣機盡量買最大的，姊姊買給妳。如果有地方放烘乾機，我也想買給妳，晾衣服太花時間了，肩膀、手腕都會很痠痛。對了，毛巾和內衣要多買一點。」

我故意早早坐在沙發上看書，傾聽廚房那邊傳來的對話。原來是這樣。原來是這樣啊。我腦中浮現了靜恩的模樣，將衣物放進洗衣機，啟動之後晾衣服，晾好衣服接著又再洗衣服、晾衣服，弄得肩膀痠疼。明明是大家都會做的平凡家事，可是，知道我女兒吃了苦，卻讓我心裡很難過。

靜恩獨自平靜地辦理離婚手續。和潤女婿順利談完了，文件交給法院了，找到房子之前會先住在這裡，收到了分配之後的財產，先跑一趟區廳再去上班……她一一告知我這些事項。有一次，她打電話來問我和丈夫的身分證字號。

「為什麼需要父母的身分證字號呢？」

「啊，不曉得。都是超過三十歲的成人了，離婚為什麼還需要父母的身分證字號？我真的不曉得。」

我想大概只是某個手續需要，告知身分證字號之後就掛了電話。過了一個小時，靜恩再次打來，說剛才發脾氣了，對不起。我說沒關係，事情辦得還順利嗎？靜恩回答說，已經全部結束了。究竟從哪裡到哪裡算是所謂的「全部」呢？我突然感到害怕，惆悵地掛上電話，一個人哭了一陣。

我什麼都不能做。長大成人的女兒不再跟我說好累喔，幫我，也不叫我安慰她們、分勞解憂。

就這樣，靜恩離婚了，靜亞結婚了。

我的日常生活沒有改變。早上去居民中心的瑜珈教室上課，白天在賣紫菜包飯的店裡兼職，晚上幾乎天天都是單獨吃飯。今天丈夫有約，我想去我們家對面新開的握壽司店。活了一輩子，從來沒在餐廳裡一個人吃過飯，我要從現在開始這樣做。明天，我要獨自去看電影，週末時，獨自在漢江畔散步。

給鎮明爸

現在還不到七點，孫女還在睡覺，外孫跟外孫女還沒來。啊，孫女智幼現在放假，所以過來住。媳婦從今年年初開始回去上班，自從她生了智幼辭掉工作，已經八年了。她白天照顧智幼，晚上念書，拿到了什麼資格證。聽說最近的年輕人就業很不容易？可是媳婦晝耕夜讀後，雖然已經過四十歲，還是成功重新就業，實在太厲害了。我說，哇！做得好，做得很好。只不過，當時我並不知道，放暑假時她會直接把智幼送來我們家。

不過，我們女兒也一樣。嗯，也沒詢問我的意見，就搬到我們家隔壁，說秀彬上幼稚園的期間需要幫忙。自從她連續兩年生產，分別生了秀彬跟姜斌，已經過了六年了。可是，鎮明爸，我沒想到幼稚園這麼早放學，我以為只要在女兒加班時，幫忙顧小孩一兩次就行了。然而，了解她的狀況之後，我也沒辦法拒絕幫忙顧外孫。

孩子們那麼拚命過日子，我怎麼能說不要呢？如今，也已經習慣這樣的情況了，沒什麼困難，也不覺得辛苦。近來要準備三餐和一次點心，是有點疲憊。現在其實該準備孩子們的早餐了，只是，我唯獨今天不想做飯，一張開眼睛，就寫信給鎮明爸。

因為是暑假，有三個孩子要顧，累得不得了。在幼稚園下課之後，常有奶奶們帶著孫子到公園遊樂場，孩子到一旁去玩，我們聚集在一起聊天。如果時間太晚，就到附近的餐廳點外帶回家吃。但是，要帶著三個孩子行動，不管是去遊樂場或是餐廳都不太方便。

沒辦法，只好在家吃。在家裡，總是重複著吃飯、收拾殘局這兩個動作。說到髒亂，家裡怎麼有辦法變得這麼髒亂，整間屋子都是小玩具、蠟筆、色紙、繪本……物品持續激增。孩子們四處奔跑、踩到東西滑倒、碰撞、受傷、打架、哭泣，搞得我整個人暈頭轉向。

不僅如此，我沒辦法協助孩子們寫作業，這件事讓我很在意。媳婦準備了讀書目錄和日記本，還標出每天要做的習題，可是智幼連翻都沒翻。我說這樣會被媽媽罵，智幼就說已經都寫完了。上個星期五，媳婦來帶智幼回去，結果說功課都沒寫，教訓了孩子一頓，我在旁邊有種跟著看臉色的感覺。

也不曉得媳婦是怎麼打聽到的，報名了我們家附近的數學補習班暑假特別班，還申請了跆拳道學院的跳繩課、音樂補習班的直笛課。暑假期間，輔導老師會來我們家一次。這並不是像兒子嘴上說的那樣，是為了讓智幼念書，其實是怕我太累。因為把孩子託付給我不分日夜地照顧一個月，媳婦覺得很抱歉，這麼做的話，至少在智幼去補習班念書的時間，我就可以喘一口氣了。兒子跟媳婦同樣在職場上班，然而會因為小孩放暑假、自己卻要東奔西跑，所以對我感到不好意思又在意的人，竟然不是兒子，反倒是媳婦。媳婦這麼用心，我衷心覺得抱歉又感謝。

最近的人好像都是這樣過日子的。子女託年邁的父母照顧小孩一整天，覺得又愧疚又不安；至於老人家，既沒有多餘的心力陪孫兒玩，也沒辦法教導他們；可是，小孩如果一整天在補習班又覺得很累。為什麼花了那麼多錢，每個人都搞得極度疲憊，卻彼此都見不到面？全家都很辛苦。

然而，回想起來，我們似乎也是這樣養大孩子。開米店時，終日待在店鋪裡，不做米店時，兩人都忙著工作，忙得不可開交。鎮明爸輪班駕駛，回家時只想睡覺，我為了多拿一點津貼，選擇上夜班，把孩子放在家裡。每天早上替孫兒準備餐盤和水壺，放進幼稚園書包時，我都好後悔。從前也應該幫孩子檢查書包，替孩子確認上學物品才對。

我至今仍對女兒感到愧疚。那是她上五年級或六年級的時候，我忘了在考卷上簽名，她被罰在教室後面罰站一小時。這件事，還是她那個住我們家樓下的同班同學告訴我的。我問她，爲什麼不告訴媽媽？她說，那根本就算不了什麼。她應該要生氣地埋怨爸媽才對，可是她居然說那不算什麼。這麼一來，反而讓人更過意不去。或許就是因為這樣，現在我才幫她照顧孩子。

不久前，我帶小孩去公園玩時，有個常碰面的奶奶跑來問我，這是親孫子還是外孫。我回答是外孫，她接著問我女兒在做什麼工作。我本來是想要炫耀，所以全部都說了。我女兒在學校都得第一名，也沒上補習班，就進入首屈一指的名門大學，現在在我們國家最頂尖的大企業上班。這樣一說完，那位奶奶卻說，哎呀，是零分女兒。

最近流行這樣的話。全職主婦女兒是一百分，準時上下班的公務員或老師女兒是八十分，吃晚餐前回家的上班族女兒是五十分，而晚上十二點才下班的大企業員工女兒是零分。因為女兒工作的時間越長，父母要照顧孫子的時間更久。

鎮明爸，別人說我們女兒，我們那令人驕傲的女兒是零分。

因為太難過，太傷心，我什麼話也說不出口。說真的，照顧孩子好累啊！

一早七點半，女兒把連眼屎都沒清乾淨的小孩帶來。讓他們吃完早餐、洗臉、穿衣服，送上幼稚園娃娃車，再回家打掃買菜，馬上就兩點了。接了小孩，還要照顧整個下午。從去年開始，女兒就忙得不可開交，每天都要加班。孩子三餐都在我們家吃，到了晚上就把孩子帶回女兒家，幫他們洗澡，哄著入睡。睡覺的時候，一定要躺在他們旁邊念故事。好不容易把孩子們哄睡之後，偶爾我還會掉眼淚。

最近手腕、腳踝、肩膀、腰，沒有一處是好的。我有一次抱著秀彬起身的時候閃到腰了，一直到現在都沒好，上個月還長了帶狀疱疹。不過，我們女兒看起來也很累。把孩子交給年邁的母親帶，會滿意嗎？儘管她嘴上說媽媽，妳看著辦，可是有時卻讓我很不舒服。

有一次，我用水燙孫子的內衣、手帕，女兒發脾氣說那是抗菌處理過的棉，不能燙。我想做離乳食，於是將蔬菜切成小塊，她卻說不是有機食品的話孩子不能吃，只好我自己做成炒飯。幼稚園全日班抽籤沒抽到，只好去念兩點就下課的正規班，女兒說那也沒辦法，怎麼會那麼討厭。可是讓我最討厭的，還是並沒有把子女的事放在心上的女婿。不，我自己的兒子也是這樣，我該怪誰呢？

本來以為孩子都結婚後，我和鎮明爸兩個人可以輕鬆地散步、運動，偶爾去旅行。工作了一輩子，終於可以舒服地休息了。偏偏，誰料想得到，現在還得照顧孫子。

其實，辦完鎮明爸的葬禮後，我得了憂鬱症。以前我們喜歡看電視購物台推出的旅遊行程，春川、麗水、濟州島、日本、夏威夷……記下想去的地方，約好等孫子孫女長大一點再去。可是鎮明爸，你怎麼走得那麼快？雖然大家都說，這種歲數稱得上是喜喪了，但我卻不這麼想。因為，我們有那麼多不斷往後推延、說好以後要一起做的事啊！

回想起來，難過的事都是因為孫兒，然而笑著度日也是因為孫兒。不知道他們到底是怎麼分辨的，居然專挑我做的菜來吃；畫全家福時，總是把我畫在旁邊；父母節時做康乃馨給我，而不是做給自己的父母。去年冬天，秀彬把幼稚園聖誕節活動做的許願樹送給我，上面寫著歪七扭八的「祝外ㄆㄡˊ身ㄊㄧˊㄐㄧㄢˋ康」。

再過一星期，孩子們的假期就結束了。雖然現在一心期待寒假結束，不過要是大孫女回家去了，外孫跟外孫女也上幼稚園，或許我會覺得有些空虛。

鎮明爸，你不知道吧？我從小就常跟女兒說「不要活得跟媽媽一樣」。所以，她想學的都去學，找到想做的工作就認真去做，賺很多錢，用自己的名字買房子又買房子。雖然我們女兒看起來有點累，卻也活出自己的人生。為了讓女兒能繼續這樣過日子，我好像還要再照顧孫子孫女一段時間。

有一天，女兒聚餐結束回家，全身散發著酒味，說：媽媽，對不起，接著嚎啕大哭起來。這讓我心裡很不是滋味。為什麼她要說對不起呢？她只是按照我教的，認真過日子罷了。可是鎮明爸，坦白說，我是有點傷心、鬱悶，又覺得好累。我是我爸爸的女兒，你的妻子，孩子們的媽媽，後來又成為秀彬的外婆。那我的人生究竟在哪裡呢？

哎呀，已經七點半了，我該去做飯了。

奶奶的決心

成禮住在慶北星州郡韶成里，就在二〇一七年的父母節，七十三歲的她上了電視。

前往香瓜溫室的路上，背後傳來吵雜的咯噔咯噔聲，似乎是有人在推手推車。回頭一看，竟然是軍用吉普車。不，是坦克車。不，是形體模糊的巨大怪物，朝成禮駛了過來。成禮拚命想跑，腳踝卻像是綁了石頭，舉步維艱，不管怎麼跑，還是停留在原地，動也不動。

死定了，我現在死定了。活了七十幾年，無論對人、對動物、對大自然都已無所畏懼，但是那個怪物不同。成禮的下巴抖動著，提心吊膽。救命哪！救命哪！明明就放聲大叫，喊叫聲卻卡在胸口深處，發不出任何聲音。她再次用盡全力喊叫，救命哪！

「呃啊啊！」

不是救……命……哪……三個音節，而是化成了喊叫聲。睡覺時流了太多汗，風從敞開的窗戶吹進來，背脊冷颼颼地發顫。她常常做類似的噩夢，走在熟悉的鄉間小路，背後突然有巨大的東西追過來。是從那一天開始的。窗外依然昏暗，看時鐘，還不到清晨四點。反正也到了該起床的時間。成禮從冰箱取出小黃瓜冷湯，加了一勺昨晚吃剩的白飯。縱然沒有胃口，但餓肚子的話會沒有力氣的，於是她呼嚕嚕地喝了一碗湯，隨即走出家門。

成禮每天清晨五點都會去溫室。大白天時，溫室太熱了，所以要趁著清晨，迅速完成工作。如果是在熱烘烘的溫室內工作，很快就會呼吸困難，汗流浹背。自從三年前和丈夫死別，成禮大幅縮減了農事規模，香瓜只種不至於會餓死的數量，另外再加上要寄給孩子們的農作物。不過，今年香瓜的收穫量不及往年，因為用噴霧器在雌花噴灑授精液的作業流程，不像徒手作業那麼仔細。這些都要歸咎於薩德[2]。

自從星洲的星山炮台被推選為薩德腹地，當地年輕人就開始四處宣傳薩德。

成禮也是在聽完村莊會館的說明會之後，才了解薩德這個武器。不管是部署在星洲、漆谷還是首爾，都沒有什麼不同，因為薩德將會威脅所有人的生存，打擊經濟，還會破壞環境，使人心泯滅。於是眾人向郡守抗議，參加燭光集會，也發動和平遊行。

雖然說會更改腹地的消息傳得沸沸揚揚，不過最後，還是決定要部署在成禮家附近的高爾夫球場。成禮和村莊上的奶奶們輪流擋住高爾夫球場入口，阻止薩德進駐。

那幾天，油槽車會在清晨突然駛入；剛做好飯，警察便蜂擁而至，還來不及拿起湯匙就狂奔出去幫忙，然而到了三更半夜，警察又來了。居民們推擠、跌倒、散開、摔倒在地，鄰居爺爺的肋骨裂了，成禮摔斷一顆門牙。可是，說什麼都不能放棄。

❷薩德，指薩德反飛彈系統，全名為「終端高空防禦飛彈」。二〇一六年，韓美兩國展開將薩德系統引進韓國的磋商，七月正式宣布將落實部署，最終於二〇一七年部署完畢。有部分居民擔憂此系統會影響人體健康，破壞當地的農業經濟，也有人認為一旦爆發戰爭，部署區將成為敵軍的優先攻擊目標，因此引起強烈抗議。

洗滌收成的香瓜，全數包裝，完成這些工作時，已經十一點左右了。換作以往，這個時間本來可以提早吃午餐，睡個午覺，暫時休息，不過最近成禮常去村莊會館。前往會館的路上，各式壁畫和標語沿著牆壁綿延，這一切依然令成禮感到陌生。會館前用來祈願的石塔上，也有成禮小心翼翼疊上去的平坦小石頭。成禮結婚之後，跟隨丈夫來到韶成里生活，至今過了五十年，這裡不要說什麼大事了，是個連小事件都不曾發生過的村莊。成禮第一次看到，村裡來了這麼多不認識、也不知道名字的人。

村莊會館的庭院放了個大鍋子，成禮和村中的奶奶們一起做飯，人數從二十一人到超過百人都有。到了晚上，她們再次煮湯，準備材料，拌入蔬菜，放到客人的餐桌上。

社區中一起辛苦勞累的人們、守護會館周邊和高爾夫球場出入口附近的居民們、每逢集會都大老遠來幫忙的人們，她想替這些人準備餐點。只是，雖然成禮是出於感謝之心，自願做這些事情，但也不是完全不累。忙完農務，要站在高爾夫球場的入口守著，要配合時間做菜、清理，四處東奔西走，成禮近來可說是身心俱疲。

然而，薩德腹地認可無效化訴訟的初審，偏偏就挑在父母節，在首爾進行。身為當事人——韶成里居民，豈有不去的道理，於是，大家租了一台小型巴士。清晨六點，成禮來到村莊會館前，準備搭乘巴士，只見一位鄰居奶奶正彎著腰、駝著背，站在巴士前。

「哎呀，奶奶您怎麼出來了？您要一起去嗎？」

年紀大了或身體欠安的人，要長時間搭乘巴士實在太過勉強，再加上還要推著助行器，移動不便，所以實際出面參與的人，都是像成禮這樣年紀比較輕、身體比較健康的奶奶。可是，這位鄰家老奶奶明明將近九十歲，卻還是拄著拐杖出門了。

「不是那樣……」

奶奶將掛在手腕上的塑膠袋交給成禮，裡面裝了六包蜂蜜蛋糕和六瓶罐裝飲料，是讓她們帶著在路上充飢的。

「妳們也跟我一樣老呀……玉粉哪！謝謝妳，我一輩子都不會忘了妳的恩情。」

老奶奶輪流拍拍她們的肩膀，大家都坐上巴士以後，她仍駝著背站在原地。

成禮打開窗戶揮手，直到看不見老奶奶為止。

抵達首爾，市民團體和宗教團體前來迎接。她們沒料到這麼盛大的歡迎，有些不知所措，甚至還在胸口別上了康乃馨。本來每逢父母節，住在大邱的兩個兒子、媳婦和孫子都會請吃飯，也會製作康乃馨，並且給零用錢，不過今年由於薩德的緣故，忙到沒時間見面。本來還壓抑著複雜的情緒，看到康乃馨的那一瞬間，成禮感動到快掉眼淚。

「謝謝，真的謝謝。」

就算她只是鄉下奶奶，除了生活和種田之外什麼都不懂，居然也能得到這種待遇。原來，未曾見過面的人，也能像真正的母子般情真意切。假如沒有一起吶喊、行動與戰鬥的他們，成禮也不會來到這裡。

進入法庭，成禮已經做好萬全的心理準備，即使被趕出來，也要把該說的話都說完，還要高聲抗議。結果最後連抗議都沒有，因為國防部方的發言相當無力，代表國民方的律師逐條批判錯誤的程序和內容，四位奶奶也提出意見。法官並未限制發言的機會和時間，將老奶奶們的話全程聽完。光是這樣，就似乎稍稍紓解了內心的不滿。

只是，當她們為了轉交香瓜，來到美國大使館時，被警察擋在入口。成禮身材嬌小，身高還不到那些警察的肩膀，除了重重包圍的警察之外，什麼都看不見。奶奶們拜託警察轉交香瓜籃和信件，她們相信，要是吃了星州香瓜，官員一定會改變心意。她們只想說一句話：「我們村莊韶成里的香瓜很好吃。」

隔天，成禮臥病不起，喝了鄰居奶奶準備的一碗湯，躺了一整天。就在翻來覆去時，中學二年級的孫女打電話來。

「奶奶，妳在哪裡？」

「還能在哪裡？我在家。」

「妳真的在家嗎？最近奶奶常不在家。」

「妳想說什麼？」

「奶奶是不是去首爾了？奶奶上新聞了！」

剛抵達首爾時、從法院出來時、進入美國大使館時，都遇到很多攝影機。幾個年輕人持續跟隨，詢問近來韶成里狀況如何、農事怎麼辦、在法院說了什麼，成禮都據實以告。那些內容在電視上大幅報導，好像真的在新聞上播出了。一方面，她慶幸很多人會因此得知這件事，另一方面也擔心孩子和孫子會不高興。

「奶奶好棒！我在補習班裡炫耀過了。朋友都說奶奶好帥呢！」

聽到孫女這樣說，成禮才放心。她不好意思地說：

「電視上的奶奶漂亮嗎？」

「呃，簡直一模一樣啊？」

不曉得是什麼事那麼有趣，孫女呵呵呵地笑了一陣，聊了新聞的事，說完要保重身體，就掛了電話。

接到孫女打來的電話後，心裡覺得更踏實了。就算別人想到自己就聯想到薩德，或是被稱呼為薩德奶奶也無所謂。雖然不管有沒有薩德，成禮未來的日子也所剩不多了，但是正因為沒有多少可以留給後人的事物，所以更不能讓薩德留在這塊土地上。為了孫兒們，成禮不能放棄這場戰鬥。

第
Ⅳ
部

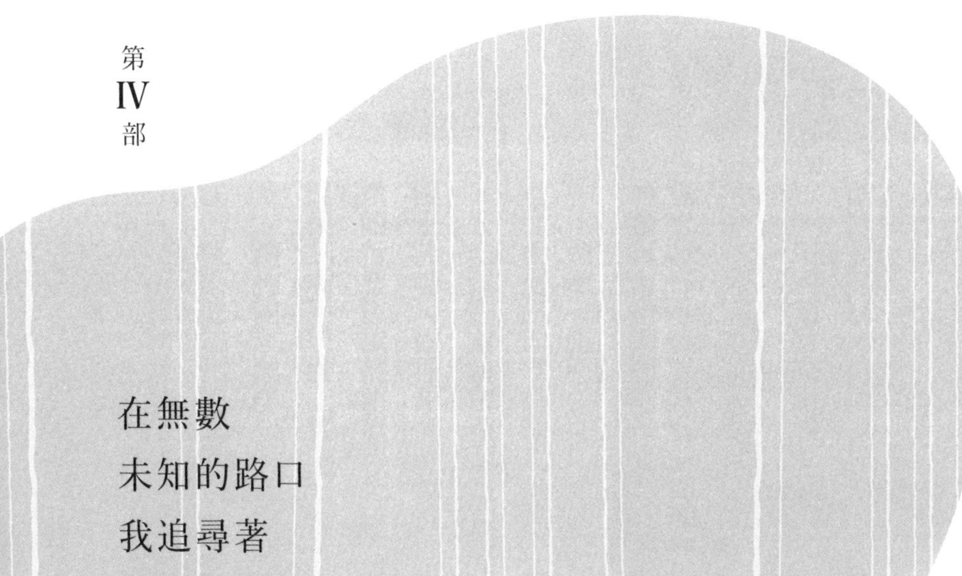

在無數
未知的路口
我追尋著
那朦朧的光

重考之變

二〇一六年冬天時，柳晶是準高三生，距離大學修學能力考試不到一年，可是數學補習班的週六特別課程已經曠課兩次了。

「超市裡有賣蠟燭嗎？怕蠟燭掉下來，是不是該插在紙杯裡？」

「有人燙傷？誰會拿真的蠟燭去！哎呀。」

朋友們全部埋頭滑著自己的智慧型手機。柳晶追蹤了幾個新聞電視台的SNS帳號，就在她認真地閱讀新發布的報導時，荷娜正在查詢集會的準備用品❶。

❶本文的時空背景是二〇一六年的燭光示威。該年十月底開始，民眾數次發動大規模集會，要求時任總統的朴槿惠立即下台，此後韓國人民每週六皆舉行燭光示威，在當年十二月三日那次的集會，首爾市中心的光化門廣場據說聚集了兩百多萬人。

「聽說現場有很多人賣LED蠟燭，去那裡買就行了。還有，最好帶座墊或是毛毯，不過這樣行李會不會太多啊？」

正式集會是從六點開始，不過也有許多集會前的活動，要占個好位置，所以她們約在四點集合。荷娜一一叮嚀：

「不要遲到！四點整，在查票口，沒來的人就不管了！」

「喂，妳才不要遲到呢！每天遲到的人。」

荷娜瞪著眼睛，伸出拳頭表示不要擔心，卻沒有人回應她。坐最遠的柳晶伸出手臂，跟她互碰拳頭。

媽媽在保溫瓶裡裝了熱水，還準備了小毛毯、暖暖包和雨衣。只不過，她也不停地反覆叨念著，高三了還不讀書，高三了還不讀書。

「媽媽和爸爸今天不去嗎？」

「今天媽媽要上晚班，爸爸要幫忙準備妹妹的晚餐，對了，腳會冷，記得要穿襪子。」

柳晶在媽媽的抽屜翻找，找出登山用羊毛襪來穿。襪子太厚重，腳很難塞進運動鞋，費了一番工夫才穿上，好不容易把鞋穿好，背上比預期更加膨脹的背包，正準備走出玄關，媽媽又叫住柳晶。

「柳晶啊，等一下！出門的時候順路幫我丟垃圾！」

「知道了，快點給我。」

她聽見媽媽在陽台自言自語快好了，快好了，爲什麼又不行，接著傳出叫聲，袋子又爆開了。媽媽總是把垃圾專用袋壓了又壓，使勁裝得滿滿的，但是袋子又會不小心爆開，最後只好拿膠帶貼，柳晶最討厭這樣了。垃圾專用袋才多少錢？柳晶覺得難受又煩躁，索性先行離開。

「啊，不管了！我已經來不及了！媽媽等一下再丟！」

雖然時間沒有那麼充裕，不過其實不至於遲到，只是她討厭這種狀況罷了。

沒想到，有這麼多人。她生平第一次見到這樣爆滿的人潮，這麼多人手中都拿著蠟燭，當中也有穿著校服、跟她年齡相仿的學生。簡直要起雞皮疙瘩了。看著準備好的舞台，聽著台上的發言，柳晶還以為自己來到了某個慶典的場合。

蠟燭波浪舞開始，不到幾分鐘，燭光波浪便快速湧來，伴隨著波浪的吶喊也越來越近，越來越大聲。街頭上到處都是人。柳晶像是忘了怎麼呼吸似的，連續吸氣、吐氣，激動又暈眩，就在她彷彿快暈過去時，波浪接近了柳晶的位置。柳晶並沒有被掩蓋，沒有被推開，而是發出最大、最長的叫喊，成為波浪的一部分。然而不曉得為什麼，在這一刻，柳晶驀地想起剛才沒丟的垃圾袋。一張一張都珍惜使用的垃圾專用袋；擔心電費累進費率，捨不得開冷氣的那些日子；深夜才下班的父母親……

難以忍受將這一切都當成平凡日常的自己。

恍惚之間，柳晶在一陣吵雜中打電話給媽媽，大喊：

「媽媽！剛才的垃圾丟了嗎？」

「妳特地打電話來問這個？」

「嗯！沒丟的話，先不要丟！我回去再丟！」

「早就丟了啊！怎麼了，突然想到？」

「就是這樣！媽媽，對不起！」

「媽媽在工作，掛了。早點回家！」

荷娜想起很晚才開始準備大學修學能力考試的姊姊。荷娜的姊姊高中一畢業就立刻就業，後來又忽然說想上大學，一年之後辭掉工作。姊姊常常聽別人談論主修或是學號，所以也想念念看大學。只是，考試並不容易。姊姊從小就聰明又謹慎，所以才選擇就業代替升學，她常聽別人說起步要早一點。對於姊姊而言，考試是這麼辛苦又複雜的事，對某些人而言卻根本不算什麼❷，為此，荷娜選擇走上街頭。

另一個朋友則想起兩年前的船難❸。去過好幾次靈堂，書包和鉛筆上依然繫著悼念的黃色絲帶。她無法把這件事當成發生在遙遠陌生人身上的事，內心憂鬱恐懼，想要追究事故的責任。

大家抱持著不同的想法、情緒和淵源，拿著燭光聚集。

---

❷此段影射朴槿惠密友崔順實運用特權，讓女兒鄭維羅用馬術專長生的名義，走後門進入梨花女子大學就讀。

❸二〇一四年四月發生世越號沉沒事故，事故當時船上載有四百餘人，其中三百二十五人是安山市檀園高等學校的學生，含船員在內，共計三百零四人罹難。在黃金救援時間，政府毫無作為，延誤援救時機，總統朴槿惠竟消失整整七個小時；不僅如此，政府自得知意外發生，便不斷企圖操作媒體，甚至數次發布學生全員獲救的假消息，種種情形，引發民眾激憤。

當晚，柳晶躺在床上，滑著手機，在群組聊天室上傳了說明總統彈劾方式、程序和時間的 YouTube 影片。嘎嘟，另一個朋友傳來訊息：「明年大學修學能力考試會不會出這題呢？」要是大學修學能力考試出了相關內容，結果她們因此答對了，究竟是要開心呢？還是要難過呢？

預定舉辦大學修學能力考試的前一天，柳晶在讀書室複習完最後的整理筆記，然後才從一起在圖書室念書的荷娜那裡聽到消息。柳晶叫她不要開玩笑，即使荷娜打開手機畫面，查詢報導，拿給她看，她依然無法置信。

「我們的國家，並不是會讓大學修學能力考試延期[4]的國家啊……」

心情難以平靜，只好準備回家，就在整理書包時，媽媽打了電話來。

「妳、妳還好嗎？沒關係，沒關係，大家都一樣延期了。」

「啊，不知道，完蛋了。」

這不光是讀書的問題。打從一個月前，柳晶就開始留意睡覺、起床、大小便的時間，配合考試時間表來調整身體狀態，小心翼翼地避免感冒、避免拉肚子、避免便祕，連吃什麼都很注意，為的就是不要過敏。為了不要在考試當天遇到生理期，從三個月前就提早吃避孕藥，費心安排生理期，沒想到這一切都白費了。回到家收看新聞，鏡頭捕捉到一些學生，他們待在臨時避難的體育館內，披著毛毯看書。那些學生跟柳晶同年，顯得不安、迫切又迷惘。對於自己剛才的煩躁，柳晶不禁感到羞愧。

隔天早上，回到教室，朋友們空虛地相視而笑。可真是運氣不好的九十九年考生。他們誕生在二十世紀的尾聲，恰好就是全國因為ＩＭＦ而辛苦的時代，又經歷了大韓民國所有莫名其妙的事件和意外，最後還成了史上第一屆大考在前一天延期的世代。

一週後，舉行大學修學能力考試，並沒有出跟總統彈劾相關的試題，結果柳晶把考試給搞砸了。分數只差一點就能擠進合格線，數學、英文的等級也比預想的還差一階，入學考核、典型考核全部不合格。和父母商量之後，柳晶決定重考一年。父親惋惜地自言自語說：

❹二〇一七年的大學修學能力考試原定於十一月十六日舉行，就在十五日，浦項發生大地震，韓國教育部當天決定將大學修學能力考試延至二十三日，這是韓國首度因自然災害延後大學修學能力考試。

「如果修學能力考試沒延期的話……」

母親對柳晶說：

「從妳快高三時還跑去參加燭光集會，我就知道了。」

柳晶低著頭。

「大家都一樣延期的，嗯，而且當時一起去光化門的朋友都合格了，只有我落榜。」

「只有妳落榜嗎？不管是大學入學，還是出社會就業，都有一大堆重修、三修的人！」

本來，柳晶打算成年之後要幫忙做家事，不過為了重考，這個約定又要推遲一年。可是，柳晶說要幫忙丟回收跟垃圾。單純是因為她想這麼做。

再次重逢的世界

二〇一六年夏天，我參加了要求校長辭職的本館占領示威❺。

「妳是金正妍嗎？」

那張面孔很熟悉。是同系同學嗎？還是一起上過小組課程？

「去年我們一起上過古傳閱讀課程，我是海茵的同學，服裝科的金素美。」

想起來了，是一起上選修課程的朋友的朋友。

我們自然而然地坐在走廊盡頭，話題從羨慕正在美國旅行的海茵開始，聊到

❺本文背景事件發生在梨花女子大學，該大學是享譽盛名的韓國女子教育機構。二〇一六年，校方成立「未來LIFE學院」，由於此學院收取高額學費、入學門檻低，引起了「學位交易」的爭議，許多在校生和畢業生於是展開激烈抗爭。此後，更爆出總統朴槿惠的密友崔順實運用特權，讓女兒走後門進入梨花女子大學。經過長達三個月的抗爭，時任校長崔京姬引咎辭職。

喜歡的選修，再分享近來看過的有趣電影、表演、書籍。這時，素美忽然說她有休學的念頭。

「我本來正要去找指導教授，我也不知道為什麼會進來這裡。」

儘管我很想知道休學的理由，但是我沒問。我們之間突然陷入一陣尷尬的沉默。手機亮起黃色的燈，是在網路書店大學記者團一個最近比較熟的朋友。

「男朋友嗎？」

「不是男朋友。我們好一陣子沒聯絡，又突然聯絡上了。」

「之前為什麼沒聯絡呢？」

「那時候課業比較多，不只要讀書，還要交小論文，非常忙碌。」

「聽起來就像藝人相互訣別的原因。」

「兩個人因為行程忙碌，漸漸淡掉，約好只當單純的前輩跟後輩，消息由所屬公司發表之類的？」

這樣說完，我們相視而笑。朋友又再次傳來簡訊，說如果不忙的話，就出來喝酒吧。我考慮了一下，回訊息說「示威中無法外出」，接著收到「NO，喔喔ㄎㄎㄎㄎ」的答覆。拿訊息給素美看，他真的說NO，喔喔。這時，窗外有一個黑影倏然經過，我趕緊低下身體，素美跳了起來。

「是警察嗎？」

「妳進來的時候就有警察嗎？」

進本館時，的確有幾個人看起來很像警察，都是穿便服的男子，東張西望地環顧四周。我內心既害怕又不快，迅速確認了學生證，加快腳步，走進建築。

素美似乎也在本館前面遇見了警察，她詢問對方是誰，對方卻不正面回應，只嚇唬著說學生現在的行動根本就是討罰。

「就是因為我們是女子大學，那些警察才看不起我們。本來我還因為只有女生在覺得開心，現在反倒是因為只有女生而感到害怕。」

我這樣說，素美沉思了一會，緩緩回答：

「我反而覺得很安全呢。妳想想看，要是這裡有男學生，我們怎麼有辦法放心地躺著呢？」

一整夜，都有學生自願守著出入口，並且組成隊伍巡視本館內外。我跟素美繼續談論這次的案件、占領本館、抗議方式，不知不覺睡著了。

我們沒有指導部，也沒有代表人，大家根據需要，各自組成輿論組、物品組、安全管理組等等，有時間的人一得空就輪流工作。也開了定期募款帳號，瞬間就達到目標金額。畢業生還另外開了聊天室，打聽外送餐廳，配合用餐時間，送餐點到本館，從紫菜包飯、辣炒年糕，到炸雞、沙拉、牛排，菜單豐富多元。老實說，我有時候也會為了吃飯而跑去本館。我主要的任務是掌握、管理本館各處的備用物品，只要不夠了就買新的補充，不是什麼困難的事。盥洗用具、保養品、衛生棉、化妝棉、棉花棒……每當用完了，都會有人買來放著，貼上「請盡情使用」的紙條，即使是由不特定的多數人共同使用，大多時候卻保持得整齊乾淨，到了令人不可思議的程度。

每天，我們都在本館地下室的禮堂集合開會。願意的話，任何人都能發言，不過沒有人會提到自己的學號、主修和名字。經過長達三、四個小時的漫長會議，商量示威方法、募款精算、公布欄營運、空間管理等大小事宜，投票決定，隨後立刻將訊息上傳到線上公布欄，共同修改貼文，完成公告。校外的人稱我們這套方式為「蝸牛民主主義」。

那一天，是那年夏天氣溫最高的日子。天氣預報說會下雨，空氣炎熱溼黏。早餐有三明治跟冰咖啡，但我吃不到一半。雖然不覺得睏，卻全身無力，缺乏胃口，奄奄一息地躺在地上。就算只是靜靜不動，也覺得快要喘不過氣來，不停翻來覆去。素美勸我脫掉內衣。解開胸罩的掛鉤，好不容易才有得救的感覺。

公布欄突然上傳了訊息：「緊急，上午十一點校長面談，本館一樓大會議室」。一直不理會學生要求面談的校長，終於回信了。周遭人來人往，就連不在學校的朋友也傳簡訊來，說會過來本館。我和素美前往大會議室等待。

到了約定的十一點，校長沒出現，反而是警察衝了進來。在短短的時間內，警察便通過了地下室，經過走廊，闖進大會議室，學生們連忙相互挽住手臂，加以抵抗。我和兩旁的學生互勾手臂，感覺得到右邊的人正哆嗦發抖，我用力抓住那隻手臂，淚水止不住流了下來。慌亂之中，素美遞給我一個口罩。

「可能會被拍照，戴上這個。」

口罩被淚水浸溼，貼附在臉頰上，讓我難以呼吸。

一、二、三，嘿！一、二、三，嘿！警察配合著「嘿！」的聲音，推擠學生，學生有如骨牌，接連倒下，跌坐成一團。不知是誰跌倒時手臂撞到我的顴骨，而我摔倒時，挽住素美的手臂跟著向後折。四面八方都傳來尖叫，其中還有拜託拉我出來的驚慌叫聲，還有暫停一下的嗚咽哭聲。

初次經歷這種事件，也沒有料到會發生這樣的狀況，老實說我很害怕。這時，我聽到歌聲，不太清楚究竟是誰開始唱的，也不知道為什麼要唱這首歌。我想不起歌名和歌手，不過剛好是我熟悉的曲子，所以自然而然地跟著哼唱起來。

在無數未知的路口，我追尋著那朦朧的光
無論何時都在你的身邊，再次重逢在新的世界……[6]

一同哼唱的這首歌，成為彼此的慰藉，稍稍安撫了情緒。不過也只是暫時而已，接著換女警進來，用力將我們一個個強制分開，我被拉開之後，四肢被架住，強行帶了出去。那天，為了帶走一百五十名學生，就投入了六百名警力。

我還算是只受了輕傷。還有許多學生虛脫、跌倒、碰撞，甚至受傷、撞傷，被打破的玻璃碎片刺傷。然而，讓我最難過的是那些人的表情。教授雙手抱胸，觀看自己的學生被拖走，臉上帶著冷淡的表情。那些警察談天說笑，一副若無其事的表情。以及那個派來眾多警力、我們見不到的某人，臉上不知是什麼表情。

有段時間，我沒辦法前往人潮眾多、熱鬧紛亂的地方。那個短暫的瞬間，會有如幻影一般，浮現在我的眼前。靜靜躺著時，身體會突然有種浮起來又被丟下的感覺，讓我難以入睡。素美的手腕上打了石膏。占領本館的人持續增加，學生團體送出超過兩千件請願書，要求國會和教育廳闡明關於學校營運的各種疑點。此案在國政監察會議展開討論，最後校長請辭。

素美決定繼續上學。

「這所該死的學校真討厭，覺得好像被背叛了，既可怕又厭煩，可是我不能放棄。我不能離開。」

我了解素美的心情。這段時間，有許多場面令人難以忘懷。一起哼唱的歌曲，躺在一起入睡的夜晚；一萬多名在校生和畢業生打開手機的手電筒，在夜晚

❻引自少女時代的歌曲《再次重逢的世界》（다시 만난 세계）。

的校園中遊行，前輩帶路，後輩尾隨在後，繞校一周，從正門通過中央圖書館、本館、大禮堂，最後再次回到正門。當時，我走在隊伍最末端，那些拉長的燈光，讓我聯想到閃耀的白色銀河。

那個夏天的事，要是談判能得到更多成果，那就好了。要是能得到認可，那就好了。對於這所早已淪為就業訓練機構的大學而言，為了要證明自身負有知性和正義的任務，為了不再重覆貶低女性成就的慣行，這是必須做的事。

我從獲得小小勝利的經驗中，學到自己能夠提出更大的疑問，進行更大的挑戰。我的手機桌布上，寫了一個新的句子。

「我很強大，只要我們越團結，就會變得更強大。」

老橡樹之歌

車子看似能從容地穿越斑馬線，不料紅綠燈驟然轉為黃燈，計程車於是減速，在變換成紅燈之前，停在等待線前面。

「要聽一首歌嗎？」

約莫六十歲的司機大哥，突然拿出放在副駕駛座的吉他，開始彈奏。

I'm coming home（我正在回家路上）

I've done my time（因爲我服完了刑期……）

是耳熟能詳的歌曲，歌名是《在老橡樹繫上黃絲帶》（"Tie A Yellow Ribbon Round The Old Oak Tree"），描述一名男子服完刑期出獄，正要回家，這首歌就是他寫給妻子的信。

如果妳還在等我回來，就在村口的老橡樹繫上黃絲帶吧。這個故事，我記得很久以前在某本雜誌上看過。綠燈了，司機大哥立刻將吉他放回副駕駛座，再次握住方向盤。

「我的夢想是當歌手。之前還作過曲，不過現在已經完全放棄了。」

「原來如此。」

我喝了酒有些微醺，意外地回應。

司機大哥接著說：

「我想唱歌，也有想見的人。如果妳不想聽，妳儘管說。」

我擔任大學記者，在新聞網站上發表文章，就在這個瞬間，我猛地想到彈吉他的計程車司機也可以當作一篇新聞。在十字路口的斑馬線前，我又聽了幾個小節。抵達家門時，我正式向他自我介紹，表明想要深入聊聊。司機大哥露出為難的表情，我說不用停止跳表，詢問他想要見誰。

「以前的我很不懂事。滿腦子只想著要做音樂，連一分錢也不給她，甚至還動粗……」

長久以來，他無法放棄夢想。組過樂團，在提供音樂表演的咖啡館和活動現場唱歌，卻連零用錢都賺不到。曾經拿著試唱帶造訪唱片公司，可是一直到最後都沒有機會來臨。妻子是相親介紹，他對她沒有絲毫的愛情，就連雙胞胎女兒誕生時，也和玩音樂的朋友徹夜飲酒作樂，埋怨這個不賞識自身才華的世界。然而，妻子毫無怨言，獨自扶養兩個女兒長大。那時妻子究竟是如何維持生計的，他至今不知道。

他甚至有了外遇。無論遇到什麼狀況都不怪他的妻子，獨獨無法忍受這件事。她察覺到蛛絲馬跡之後，翻了他的口袋，不過並沒有替他換電話；也曾經在他外出時尾隨在後，還把兩個女兒帶到音樂咖啡館，監視他一整天。有一天，妻子和兩個女兒忽然消失，連一張紙條都沒留下，也沒跟親戚朋友聯絡。

到現在，已經過了二十年。

「我知道她們在哪裡，兩個女兒還是學生，一邊工作一邊讀書。我一點忙都幫不上，哪有臉主動跟她們聯絡。我只是想，她們說不定偶爾會搭到我的車，所以常在她們家旁邊繞，也在孩子們的學校附近亂轉，偏偏一次也沒遇見。大概是不搭計程車吧……我應該要開巴士才對……」

他搔了搔後腦勺，不好意思地笑了。計程車費持續上升，我說我想聽完這首歌。他再次拿起吉他。因為怕長相曝光會有壓力，所以只拍了他的剪影，和演奏吉他的手。

Now the whole damn bus is cheering（此刻，整輛公車都在歡呼）

And I can't believe I see（我不敢相信自己的眼睛）

A hundred yellow ribbons 'round the old oak tree（老橡樹上繫著上百條黃絲帶）

I'm coming home.（我回家了）

唱到「老橡樹上繫著上百條黃絲帶」，他眼角泛淚，我也有些激動。計程車費比平時多了整整三萬韓圓。

這篇報導深獲好評，還登上入口網站的主頁。大多數人的回應是他們重新思考了家庭的意義，或是希望取得妻子的原諒，一起幸福地過日子。還有電視公司跟我聯絡，表示想要採訪計程車司機，可惜我並不曉得司機大哥的聯絡方式。我以為，故事就這樣結束了。

在那之後，開始有人留言，說在傍晚遇到了彈吉他的計程車司機。同樣是將吉他放在副駕駛座，會在等紅綠燈時唱老歌的白髮計程車司機，不料每個留言所敘述的故事都不太一樣。尋找因為父母親反對而分手的初戀，尋找離家出走的兒子，尋找因為家境清寒從小就被送養的么妹……有人像我一樣，為了聽歌，多支付了一些計程車費，也有人基於想幫助他的心情，隨意給車錢，至於告訴他不用找零的人，更是比想像中還要多。後來，負面留言充斥，抗議電話接連不斷地打來，最後網站刊登了道歉公告，撤除那篇報導。

我曾寫信給留言的人，也曾經向個人計程車組合洽詢、去計程車招呼站詢問，卻始終找不到他。當時怎麼就沒想到要抄下車牌號碼呢？事到如今，我什麼都做不了，可是我很想知道他為什麼要那樣做。一方面，我惋惜那時所花的時間和金錢，另一方面，也對於自己寫了假報導而憤怒不已。更重要的是，我十分羞愧。無論報導內容是否屬實，我都以某個人的不幸為材料，寫成了一篇賺人熱淚的故事。

我的父親，是個頗有能力、待人親切，而且彬彬有禮的人。大概是吧。在父親的葬禮場上，我頭一次看到西裝革履的中年男人痛哭流涕、失聲嗚咽的模樣。我聽他們說，父親從來不會使喚後輩去泡咖啡，即使關係算是親近，也會加上職稱來稱呼對方，並且使用敬語，就算遇到部下，也會先打招呼。

他們記憶中的父親，和我記憶中的父親天差地遠。

父親白手起家，並不了解我們這些平庸的女兒。尤其是我身為老大，父親對我抱持了過多期待，一旦我達不到他的期望，就會給予嚴厲的體罰。每次考試，要是成績退步，就會用棍子打到小腿瘀青，從早秋起，我都得穿著黑絲襪才能出門。從小到大，我一直聽爸爸罵我是沒用的人，垃圾，沒有資格吃飯。在父親的葬禮上，我一滴眼淚也沒掉。

我明明很了解，暴力有時候是隱晦的，也明白這會留下多麼深的傷口，自己卻寫了這種報導。那無數在世上流傳的故事，聽起來可憐多情、不可思議、曲折動人，背後究竟隱藏了誰的身影？我不禁厭惡起自己的粗率和無心。

往後，我再也不寫報導，卻仍尋找著那天晚上的司機。

大女兒恩美

我的大女兒恩美，目前就讀商業高中二年級。

我的第一句話是：「為什麼？」恩美的表情令我難以忘懷，也許是沒料到我會有這種反應。她看著我好一會，反問：

「媽媽的意思是什麼？女兒念商高很奇怪嗎？還是想知道我為什麼要念商高？」

「兩個都有！兩個都有！我不懂，為什麼？妳為什麼不唸大學？難道媽媽付不起註冊費嗎？妳的成績上不了大學嗎？到底為什麼？」

我大喊大叫。以往，我從未這樣大聲兇過恩美。這個大女兒從來沒讓我失望過，但這麼說的意思，也不代表她是模範生或優等生。儘管她是我女兒，不過要是客觀冷靜地判斷，恩美是個非常平凡的孩子。小學低年級時，跟其他同齡的孩子一樣，我也曾送她去鋼琴班、美術班，還學過一陣子游泳跟芭蕾舞，可惜不管是在哪個領域，她都沒有表現出特別的才能。也不是充滿野心或喜歡讀書的類型，但功課、讀書準備考試都會照規定做好。還算是優秀。

她一板一眼得讓人有點煩悶，可是細心又勤勞。應該可以做好金融相關工作，如果是當老師，也能做得很好。我本以為恩美會上普通高中，參加大學修學能力考試，念完大學就業。嚴格說來，我並沒有特別想過這些事，因為我覺得那是理所當然的。然而，恩美卻說要念商高。

似乎是在中學三年級的學期初，有幾位正在職業高中就讀的校友來學校宣傳。恩美說，那幾位姊姊非常漂亮，也很聰明，穿著用心洗滌、熨燙過的合身校服，介紹學校的種種優點。對於煩人後輩各種突發奇想的問題，也是有問必答。

「餐點好吃嗎？」

「我一年胖了三公斤。」

「如果想要念大學，有什麼好處呢？」

「我想應該會比較容易取得內審推薦，假如是相關科系，在面試時也可能會比較有利。不過，我並不想宣傳說念了這所學校就會比較容易上大學。為什麼想上大學呢？上大學是自己的最終目標嗎？我希望你們能思考自己真正的夢想、目標和計劃。」

我非常清楚，這幾年要就業有多困難。恩美爸爸是中堅貿易公司的人事組長，不久前刊登徵才廣告，徵求兩位簽約人員，不料收到超過一百張履歷表，他也不太清楚這是不是值得開心的事，連連嘆氣。公務員也一樣，一位九級新人剛轉調到區廳，學歷實在太優秀，連我都嚇一跳。

年輕人剛開始是被稱為三拋世代❼，後來連五拋世代、七拋世代、N拋世代的說法都有了。我們既沒有能夠繼承的財產，也沒有強大的背景，為了養育女兒，只好聽到別人做的也跟著去做，別人學的也跟著去學。

❼ 近年，韓國青年多面臨就業不易、生活開銷龐大的困境，因此「拋棄戀愛、結婚、生子」，故稱「三拋世代」；之後衍生出「五拋世代」，意即再進一步拋棄人際關係與買房；「七拋世代」，意即連夢想、希望也捨棄；最後演變為「N拋世代」，又稱「全拋世代」。

恩美說，許多企業有擴大招收職業高中畢業生的趨勢，職業高中公務員特別僱用制度也比一般公務員考試來得有利。她拿著前輩給的宣傳資料，逐一說明多元的校內活動、課後課程、獎學金制度、就業現況；近來，職業高中的校內氣氛，以及社會對職業高中的看法，也有了大幅的轉變。看著恩美用閃閃發亮的眼神企圖說服我，彷彿看到和恩美同齡、年紀還小時的我，我倆的身影重疊交錯。我跟她一樣。那時的我，拿著中學三年的成績單和級任導師的獎學生推薦書，認真說服母親。

母親責怪我不替妹妹們著想，說我自私自利。可是相較於母親，當時轉過頭去看著電視的父親，讓我更加埋怨。十六歲時，我放棄普通高中，進入知名的女子商高就讀，拚命爭取好表現，竭盡全力只留下美好的回憶，無論是對朋友、孩子、甚至是丈夫，我都說那是我自己的選擇。一直以來，一輩子。

「媽媽不是很引以為傲嗎？不是說當時進入了最棒的名門學校嗎？不是說畢業之前就在銀行找到工作，而且升遷速度比大學畢業的員工還快嗎？」

「對，沒錯。可是我也重新考了公務員考試，還去上空中大學。妳有沒有想過，為什麼媽媽要這樣養育你們，辛辛苦苦地工作，也一定要讓妳們念大學？」

我這時才坦白說出，過去無法平凡地和同年紀的朋友一起上大學、享受大學生活的遺憾，以及高中畢業就在職場工作，所感受到的限制。撇開這一切不談，我以人生前輩的身分，憑藉著先出社會賺錢、和人們接觸的經驗，強調在韓國社會當中，大學的意義不只是單純的學位。恩美靜靜聽著我說話，然後說：

「我以媽媽為榮。向來都是這樣，現在也一樣。」

啊！我無話可說了。我後悔埋怨的理由究竟是什麼？是因為念了商高嗎？還是因為我沒上大學？可是，這不是我的選擇嗎？

最後，我屈服了。恩美考上一間商高的金融系。

恩美非常認真，進入資格證準備班，參與經濟新聞社團，也認真參加就業營、想法競賽大會、經濟金鐘等校內大會。

「要是累就喊累，我不會說什麼『媽媽早就跟妳說過了』這種風涼話。」

「很累，光是國英數就很難了，可是還有商業、經濟、會計、金融……科目太多了。就算下課後認真複習，也很難跟上。」

在恩美的中學，有個朋友也上了同一所商高，因為那位朋友的關係，恩美的自尊心有些受挫。雖然她們中學時沒有同班過，不過兩個人上過同一所小學，所以是會彼此點頭問候的交情。記得那位朋友小學時擔任全校副會長，成績也挺不錯的，但不曉得什麼原因，中學時變得不太念書，一年級時的成績還不算太差，後來逐漸退步，到了三年級已經變得非常糟。

恩美說有些難過。她們是國小、國中、高中同學，本來恩美希望可以親密相處，互相扶持依靠，沒想到如今在走廊上遇見時，卻假裝不認識，避免眼神交會。

「啊，不舒服，真的很不舒服……」

然而，在寒假前的某一天，恩美把那位朋友帶回家，因為她身體不太舒服。那孩子的體型，看起來跟恩美的妹妹一樣小，我留她一起吃飯，但她客氣地推辭，只喝了一杯薏米茶就走了。

「她生病了。我一直不知道。她讀中學時，也晚了一個月才上學。」

「大概是體力差，才跟不上課業吧。」

「不，已經完全康復了，可是因為玩樂過了，發現玩樂實在太有趣，所以就一直玩下去。」

那天，她們碰巧坐在同一張餐桌旁，才開始聊天。那位朋友現在振作起來，下定決心要再次讀書，於是向恩美借筆記。

「很好，多了一個好朋友也很好。」

「還不太熟啦！」

恩美有點不好意思，匆忙跑回房間。

住家前的麵包店老闆、好久不見的親戚、偶然遇見的社區媽媽，都會問恩美是選文組還是理組？要念什麼科系？近來遇到的媽媽們，只要家有考生，就會說要一路辛苦到大學聯考了。一開始，我會有點生氣，也有點不好意思，現在則是會坦白說我們家恩美不上大學。有人吃了一驚，也有人把這句話當成玩笑話，不過也沒必要進一步說明。

恩美的目標是進入金融監督院。每年，金監院會招收五名職業高中畢業生，只要管理好成績，累積各種經驗，認真準備考試一定能達成目標。若是恩美能進入金監院，我就別無所求了，但要是她沒有獲得錄取，我也覺得沒關係。是真的沒關係。

不曉得是不是因為做出了自己的選擇，還是想到自己快出社會了，恩美變得很像大人。我對這件事相當耿耿於懷。我希望恩美可以度過有趣愉快、美好的學生時期，偶爾犯點錯或感到徬徨無助也無妨，多創造一點回憶。這是一去就不復返的時光。對於恩美而言，學生時期也應該是清純、耀眼又美麗的。

公轉週期

貞淑是圖書部的學生，去年二月畢業了。朴貞淑[8]。她討厭自己的名字。

老師，我以後要改名叫智秀。

沒有原因，只要從貞淑拿掉一個尾音就行了。只要拿掉尾音。我爺爺爲什麼要這樣取名？

大略看過學生的地址，發現有很多住在十三樓的同學。附近的大樓並不多，為什麼偏偏都住在十三樓呢？

[8] 貞淑是很常見的名字。

我覺得有點搞笑，又覺得不太對勁。晚上再次進行文書作業時，這才發現，不是13而是B。B，就是地下。地下一樓的孩子，地下二樓的孩子，地下三樓的孩子……我難以想像。地下二樓、三樓的話，是不是連窗戶都沒有？是完全沒有陽光照射進來嗎？貞淑家在地下二樓。

地下一樓的話，還有一部分會露出地面，因爲是半地下，老師，只有一半在地下。有窗户，也有陽光，可以稍微看到外面。可是，我們家完完全全是在地下。完完全全。從天花板開始，就完美地埋在地底的地下室。如果不開燈，就會暗到伸手不見五指。

不過，也沒什麼不方便的地方。只要開燈就行了。倒是不通風讓我覺得很麻煩。就算開了抽風機，食物的味道還是不會散去，溼氣也不會消失。所以，我們家和地下一樓的住户，會在我們建築物和隔壁房子圍牆中間的空地曬衣服。住地下一樓的人是一個奶奶跟女兒，所以我們也很放心地晾衣服，可是，從去年開始，就沒辦法在那裡晾内衣了。因爲，只有我的内褲和胸罩會不見。有個神經病翻過高高的圍牆跑進來偷。有一次，我故意晾了新內褲和新胸罩，居然沒被拿走。他只會拿我穿過的。哈，是不是有夠變態的？從那以後，我都晾在房間裡，或是用吹風機吹乾，但是都沒辦法乾透。只好每天穿沒乾的內衣，還長了黴菌，也無法消除。啊！煩死人了。老師，要是我以後沒辦法生小孩，該怎麼辦？

學校有個貼上「小圖書館」標誌的圖書空間，稱之為圖書館實在是不好意思，裡面幾乎沒什麼書。因為我是最年輕的國語老師，因此由我負責管理「小圖書館」，要定期舉辦讀書討論會，還會舉行讀書心得比賽或是讀書問答比賽。由於一個人處理實在太吃力，所以募集了圖書部，不過來的學生似乎不是為了看書，而是為了休息，對於準備活動不感興趣，偶爾來翻翻漫畫就走了。

貞淑也是圖書部員之一。我每天上完課，都會在圖書館處理主要業務，貞淑幾乎天天都來坐著。但也不看書。我問她為什麼加入圖書部，貞淑反問我，覺得是為了什麼呢？我說，真的不清楚原因。

因爲想待在圖書館。不想回家，可是如果待在外面，又要花錢。我可以每天來這裡嗎？因爲我是圖書部的人。

什麼？妳說什麼？讀書嗎？妳叫我讀書嗎？

不，不是的，不是，不是那樣……第一次有人叫我念書。

爸爸每天都叫我不要闖禍。他說要是我跟壞小孩在一起，做些亂七八糟的事，他就要砍斷我的腳。雖然不會眞的砍，不過他會把腿打斷。我媽媽眞的被他打斷腳，後來逃跑了。我都記得。爸爸只會說快點畢業去賺錢。在學校裡，不會念書，也不會闖禍的人，就是透明人。哇！原來聽到別人叫你念書是這種心情啊！

夢想？哈哈哈哈哈哈，今天有好多第一次聽說的話呢！

我的夢想，嗯，我的夢想是住在二十四坪的大樓裡。小學時，我曾經去同學家玩。其實不是去玩的，是去做小組作業，就在這前面的哈娜大樓。眞的很棒，就像電視裡面的房子。有一整面牆壁都是玻璃窗，可以看到車子奔馳、行人走動的樣子，還能看到其他建築物。

傍晚太陽下山時，陽光從玻璃窗灑落，房子裡面非常耀眼。我當時就下定決心，一定要住在這種大樓。臥室給媽媽用，我媽媽的腰不太好，爲了不讓她腰痠，一定要讓她睡在床上。還有，大的房間給雙胞胎用，最小的房間給我用。洗完的衣服晾在陽台上，上廁所的時候，可以用家裡的廁所，不會有別人家的人來敲門。

爸爸嗎？我瘋了嗎？跟爸爸一起住？要是我開始賺錢，我才不要跟爸爸一起住。我要帶著雙胞胎搬出去。叫媽媽一起來，我們四個人一起住。

雙胞胎現在七歲，兩個人經常到處闖禍。每次帶他們去上課，托兒所的老師都說要叫爸爸過去，意思是爸爸應該去。

有一次，貞淑整個星期都沒來上課。剛開始沒看到她時，心想她應該是哪裡不舒服，應該沒什麼大不了的。隨著缺席時間拉長，我逐漸開始擔心。她只是不喜歡念書，卻不是那種會離家出走、交到壞朋友之類，惹出特別問題的孩子。我回想貞淑說的話：如果在待在外面，又要花錢。貞淑的導師說貞淑家沒有電話，貞淑自己沒有手機，父親又不接電話。明天好像該去找她，我嘆了一口氣。

幸好，隔天貞淑又來上學了。我覺得開心，又有些生氣，不過我仍如常對待貞淑。

嗯，其實，我，嗯……那個，是那個日子。衛生棉又用完了。本來我量就多，可是身上一毛錢都沒有，實在沒辦法叫爸爸去買衛生棉。我說要買試題，叫他給我錢，但是爸爸身上也沒錢。他說下個星期給我，我等了又等，生理期就結束了。嗯，我會不會很難過？我一直很注意不要用完衛生棉，不過偶爾會算錯日期，就沒辦法來學校。

在家嗎？用變小的棉T，做了幾個布衛生棉。可是吸收力不太好，很容易外漏，所以在家裡才用，沒辦法在學校用。洗完之後，我就掛在房門的手把上，瞞著家人晾乾，只是這也要花好幾天。白天通常是蹲坐在洗臉台排水孔旁邊，要是腳麻或肚子痛，就會改用棉T衛生棉，稍微躺一下。用妹妹已經穿不下的衣服墊著，如果太溼，就直接丟掉……

保健室嗎？嗯，如果太緊急，可以借用一個，可是不會給一整個月的份量。要登記學年跟班級，借用之後要再拿回去還。借用的時候還會聽到許多嘮叨，說女孩子連衛生棉都沒準備該怎麼辦？還不如跟朋友借。老師，爲什麼女生會有生理期？眞的很討厭。很不舒服，不安，又很痛。而且衛生棉也太貴了。零用錢本來就不太夠用了，省了又省，每次買衛生棉，都很想拿掉子宮。

我上個星期也來了生理期。放在背包的衛生棉包裡，裝了中型跟大型有機衛生棉，還有超薄護墊。我本來想把包包給她，讓她應急的時候用，卻開不了口。對於貞淑而言，她需要的不只是一塊應急用衛生棉。我常常覺得生理期很不舒服，也常經痛，但我從不覺得衛生棉的價格令我無法負擔。在我們家，衣櫃裡放著衛生棉籃，裝滿了供媽媽、我和妹妹使用的各類衛生棉。

生理期時，我下腹抽痛，每天吃止痛藥上課；就在同一個星期，貞淑卻赤裸裸地讓血流進排水孔，或是用舊衣服墊著擦拭。上週，教室中也有個同學生理期來，她照常上課、吃飯、考試，體育課在操場上跑步。如果是在舒服、熟悉、穩定的情況下，生理期根本算不了什麼，然而要是換了一種狀況，生理期就有可能是件大事。

畢業典禮那天，貞淑像往常一樣來到圖書館。

謝謝。

啊，謝謝妳送我上高中，還要感謝妳這段期間以來，聽我說那麼多廢話。我不是故意說那些來煩老師的，因爲老師都安靜地傾聽，我才會說那麼多。妨礙老師的時間，眞的很抱歉，請把我說過的那些話都忘記吧！可是，老師，我不會忘了老師的。

我不停說服本來打算就業的貞淑，替她付了第一個學期的註冊費，送她上了高中。剛開始，她偶爾會打電話來。雖然功課不好，但她很努力。只是，不到六個月就斷了音訊。

我也忘不了貞淑。當我下腹疼痛、腰痠時，我就會想起像我一樣疼痛，熬著艱辛時光的貞淑。

十三歲的出師表

一心國小的各位同學，大家好。我是競選這次一心學校學生會長登記二號，六年三班的崔銀書。

其他會長候選人應該已經發表了很厲害的政見，比如打造乾淨的學校，打造沒有暴力的學校，打造優秀的學校。我沒辦法給予如此帥氣的承諾。因為我認為，還有更重要、更迫切的事。我今年剛滿十一歲，也就是說，我有一半的人生，都是以小學生的身分過日子。大家喜歡當小學生嗎？曾經因為自己是小學生，就得到別人的了解嗎？還是得到尊重呢？

中學跟高中都是三年，小學卻是六年。我希望，在這不短的六年內，一心小學的一千名學生能變得更幸福。

要是我當選會長，第一件事，是想要打造出沒有「小學生」（초딩）這個詞的一心小學。

各位，你們知道「小學生」是什麼意思嗎？純粹是指「念小學的人」嗎？可是，為什麼聽到「小學生」這個詞，會覺得不太舒服呢？遇到幼稚沒有想法的人、對別人造成損害的人，即使他們是成人，也會說他們是「小學生」。「小學生」的意思已經不再是「上小學的學生」，而是變成了「有問題的人」。那麼，難道身為小學生的我們，全都是令人心寒的人嗎？

放假時，網路上的留言，到處充斥著「小學生」。可是，我看了那些關於控訴惡意留言的演藝人員的採訪，裡面幾乎沒有小學生，大部分都是成人。還有些餐廳禁止小學生入場，因為小孩會在店裡喧嘩吵鬧。學校正門對面的本家章魚店，就是我爸媽經營的餐廳，爸媽說最吵鬧、最沒禮貌的客人，是喝酒的大叔，但是卻沒有餐廳禁止那種大人入場。電視上說，孩子是希望，是未來，甚至還會播廣告，實際上大家卻瞧不起小孩，嫌小孩麻煩，說「小學生」是問題來源。

然而，就連我們自己，也會用「小學生」這個詞嘲弄對方。從現在開始，不要再說那些互相看不起的話了。如果有人犯錯，只要針對做錯的人，針對錯誤的行為加以指責就好。希望老師跟各位家長，在教訓我們或是指責錯誤時，也不要再用「小學生」這個詞了。為了讓一心小學的學生都能得到尊重和了解，我會說服各位學生、老師和父母。

第二，我要打造沒有性暴力的學校。

喔！Kimochiii [9]！各位聽過這句話嗎？我是四年級時第一次聽到的。班上有幾個同學說 Kimochiii、Kimochiii，然後笑成一團，我以為那句話是「哇！」「天哪！」之類的感嘆詞。發音也很可愛，於是「喔！Kimochiii！」像流行語一樣擴散開來。可是導師有天偶然聽見，生氣地說，你們知道那是什麼意思嗎？那是日本成人影片中的女優說的。他說，不管是假裝要打或是發出叫聲都很危險，跟性有關的肢體動作或許也會成為暴力。

[9] 日文的「気持ち良い」，舒服之意。

在小學生也愛收看的網路節目上，主持人說女人是泡菜女，是蟲子，是替男人帶來損害的存在。他辱罵、嘲笑女人，還說想要殺了她們。今天，各位是否也學了那個節目裡的話呢？

學著說你媽（느금마）、你老媽（니애미）這些詞，辱罵媽媽，批評同班女同學的外表，這就像模仿色情影片，習慣成自然地說：「Kimochiii！」這些行為，很明確都是性騷擾和暴力。

在小學教室裡面，已經發生了性暴力。如果說學生年紀還小、是開玩笑的，這沒什麼，就這樣隨便帶過的話，無論是對於犯錯的學生或是受害的學生，都沒有幫助。

要讓學生得到徹底的性教育，打造出沒有受害者和加害者的一心小學。

最後，我希望，每週的課表能留一個小時的空檔。

在我國，小學生除了義務教育之外，一週平均還要接受八小時四十分鐘的私人教育。實際上，我的朋友在補習班度過的時間，都比這還要長。到了高年級，上課時間變長，到了考單字的那一天，一定要通過考試才能回家，所以我常常過了八點才回家。放學回家，吃過點心，做學校功課，然後上補習班，再回家吃晚餐，又要做補習班功課，做完才睡覺。我想，其他同學的生活大概跟我差不多。

最近，從父母親那裡聽到的嘮叨，大部分都和智慧型手機有關。叫我不要看沒用的影片，不要跟每天見面的同學用 KakaoTalk 聊到很晚。我知道父母親都要工作，這是無可奈何的事，可是父親安排的時間表真的太緊湊了，每個行程之間完全沒有玩樂時間，而且每個同學在補習班的時間表都不一樣，很難邀約。要獨自度過這些零碎的時間，唯一的方法就是智慧型手機。

這段期間以來，我們運動、玩耍和出遊，都是和老師一起。生日派對是租借跆拳道場，由教練帶遊戲，大家跟著做，偶爾我也會一起去。桌遊是在數學補習班學的，傳統遊戲則是在下課後的時間學。我們一起共度時光的機會太少了。我們需要這些經驗，需要和朋友一起玩樂、吵架，或是獨自安靜地看書，趴在書桌上睡覺。

我想，老師和家長都會反對吧，也會說這不是學生會長可以決定的事。但是，我會努力說服大人，希望一週能有一個小時，就算不到一個小時也好，也要爭取一段空白的時光。

這三件事，都很難憑我個人的力量，獨力完成。可是，我認為這是我們絕對需要的事，我會帶頭努力的。要不要和我一起呢？我是登記第二號的崔銀書。

後記

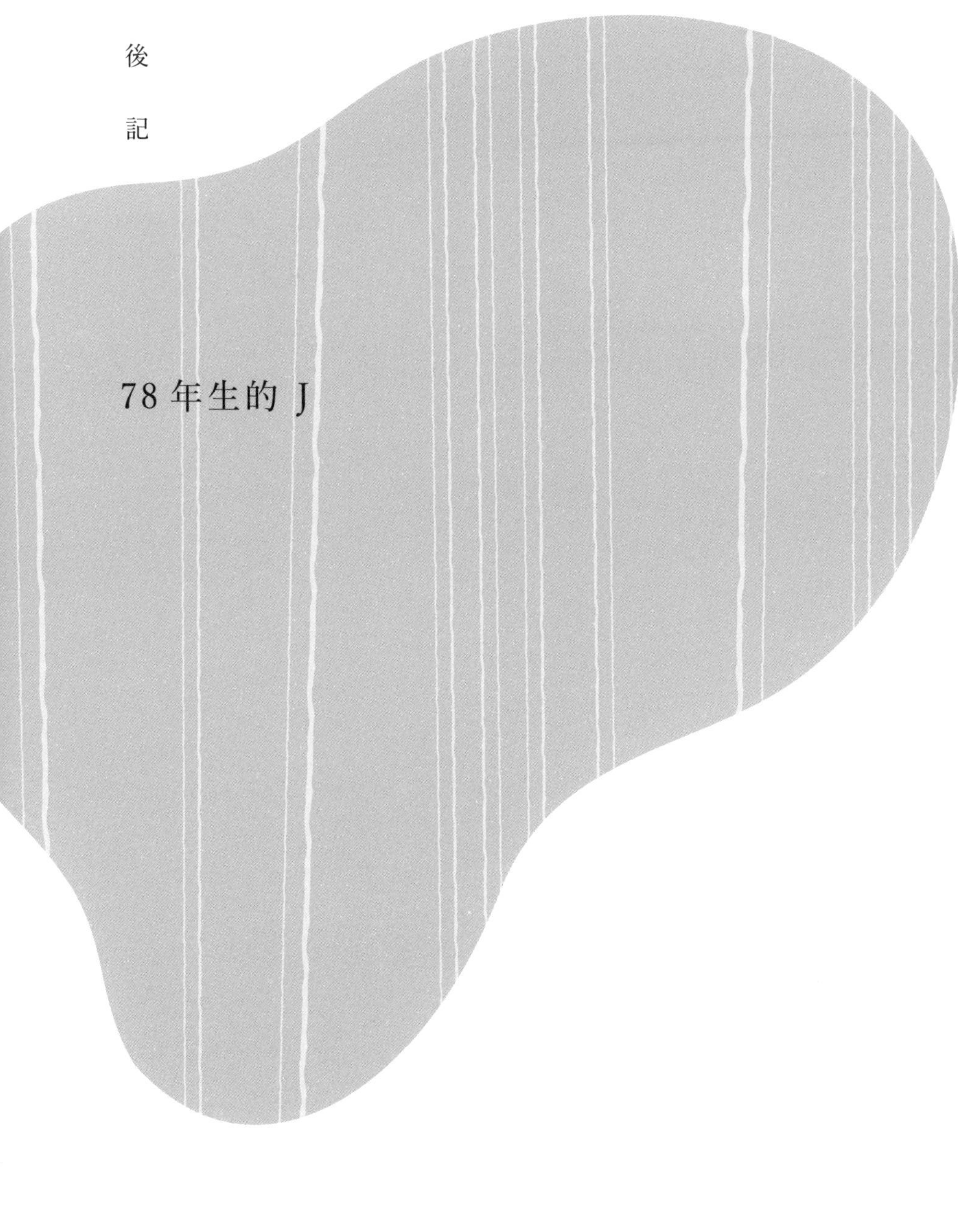

78年生的J

到了五月，J 小姐就正式滿四十歲了。J 小姐和小學四年級的女兒、七歲的兒子一起，居住在首爾近郊的新都市大樓。啊，對了，還有丈夫。丈夫在建設公司工作，目前待在鄉下的工地，週末才會回家。今年是結婚第十二年。丈夫不在身邊會很空虛嗎？嗯，老實說就算丈夫在，也跟最近這樣週末夫妻的生活沒什麼差別。

J 小姐擔任幼教老師，每天一大早把女兒送到學校，接著和兒子一起去幼稚園。生小孩之前，J 小姐曾在一家幼兒教育企業工作，那間公司銷售嬰幼兒教材和教具，還經營一個訪問課程的程式，J 小姐負責訪問教師的管理工作。雖然公司是以兒童為顧客，卻不保障育嬰假之類的福利。J 小姐無處可托嬰，只好在生產時離職，下定決心絕對不購買這家公司的書籍。養育小孩的同時，她取得幼教老師的資格證，從去年開始在老二上的幼稚園工作。

女兒似乎已經進入青春期。上了四年級之後，女兒和 J 小姐產生許多情感衝突，年初不讓她去防彈少年團演唱會的事尤其關鍵。她才十一歲，還不到去看演唱會的年紀，因此 J 小姐不允許，偏偏女兒好朋友的媽媽買了門票，還帶小孩一起去看了。女兒為了這件事很難過。當然，她也不是不了解喜愛藝人的女兒是什麼心情。

J小姐小時候，也曾經是某位歌手的狂粉。

一九九二年年初，「徐太志和孩子們」出道，當時J小姐中學二年級，後來徐太志在一九九六年一月引退，當時J小姐高中三年級。因此，J小姐是所謂的「徐太志世代」，整個青少年時期都和徐太志共度。

凡是徐太志參與的電台公開廣播，或是電視音樂排行榜節目，J小姐都會專程到首爾去參加。粉絲們不只喜歡徐太志的歌曲和舞蹈，對於他傳遞出來的訊息也很狂熱。若是他唱《Come Back Home》，離家出走的青少年就會回家，唱了《作夢看海》，則讓人對南北韓統一產生關注。因為徐太志高中休學，連帶改變了大眾對文憑至上主義的看法。徐太志不是單純的歌手，而是一種文化，一種現象。

徐太志之後，韓國也成功複製了日本式的明星培育法，由大型演藝公司選拔練習生，加以訓練再出道。練習生出身的偶像團體爭相登場，瞄準了青少年為客群，儘管也唱了關於教育制度、校園暴力等議題的歌曲，卻無法讓J小姐心動。那些在音樂排名節目中獲得第一、向社長表達謝意的偶像，讓人感到陌生。徐太志是反對舊有規範和秩序的藝術家。對於正值敏感青春期的 J 小姐，徐太志是造成最大影響的人物。

J 小姐是九十七級，在歷年的大學修學能力試驗中，是數一數二的難。考生即使收到成績單，也對於這個分數是否能上大學、到底能上哪間大學，完全摸不著頭緒。J 小姐在 A、B、C、D、E 群中，選擇一項作為第一志願，其他三項為安全志願，並在複數合格分配表上選擇最高分的大學。

大學生活實際上懵懵懂懂的。雖然這裡的人都年輕又有活力，不過該怎麼說呢？就像對某個人潑冷水後的風景。

她曾經想過是不是學院制的問題。自一九九五年的五三一教育改革案之後，從一九九六學年度起，以學院為單位選拔新生的大學激增。J 小姐入學的社會科學學院，新生有三百名，除了前後幾個學號，大部分的人她連名字都不知道。一年級是隸屬於社會科學學院，二年級是相同的主修聚集在一起，三年級以上則是入學起就同一個科系，前後輩的關係複雜又尷尬。此外，入學一年前，在一九九六年發生韓國大學總學生會聯合事件，當時爆發暴力示威和鎮壓，受到這件事的影響，國民對於學生運動的視線都很冰冷。再加上由於ＩＭＦ，經濟不景氣，就業困難，學生大多忙著累積資歷。

Ｊ小姐回想大學時期，首先聯想到的不是社會意識、共同感、責任感這些詞，而是「個人主義」。

從四年級初開始，雖然到處投遞履歷，可是畢業前一直找不到工作。也沒辦法繼續向父母親伸手要錢，於是開始打工，一邊準備就業。沒錢之後，內心也變得畏縮，逐漸不想和別人見面，每天獨自一個人擔心就業的事，最終得了憂鬱症。Ｊ小姐畢業之後，過了快一年才找到工作。費盡辛苦進入的公司，卻得不到她的心。她現在才了解，做自己想做的事多像是個夢想。

公司的薪水少得可憐，連社會福利都不關心。可是幾乎不用加班，也準時休假。這種理所當然的條件，卻變成不得了的優點，這就代表大韓民國上班族的工作實在太多了。

對於Ｊ小姐而言，公司是賺錢的地方。當然，自己會盡可能認真完成負責的工作，然而也僅止於此。

下班後，J 小姐會看書、學外文、運動，享受時光。假如可以把自己喜歡的事當作工作，從工作中得到成就感，那就好了，不過這樣的人其實並不多。世界上，更多上班族是默默完成交辦工作，平凡而誠實的，J 小姐就是其中之一。

公司小，閒言閒語也很多。只要看到人群聚集的影子就覺得討厭，不過她和同組的兩位前輩姊姊很合得來，下班以後，三個人常一起看電影、吃飯、喝酒同樂，也辛苦地配合日子安排休假，一起旅行。她和姊姊們有許多回憶，其中有兩件絕對不會忘記。都是發生在光化門的事。

進公司的隔年，也就是 J 小姐還是新進員工的二〇〇二年，舉行了世界盃。當時舉國上下沒有人不喜歡足球。大家狂熱地關注世界盃，在街頭加油，形成了獨特的文化。

J 小姐不太懂足球規則，從未觀賞過足球比賽，但她也想親身體驗這份狂熱。雖然要在人潮眾多的地方擠來擠去，也擔心比賽結束怎麼回家，不過最後和姊姊討論出來的結論，是前往光化門廣場。

那個大日子是二〇〇二年六月十八日，對義大利。比賽從八點三十分開始，三個人請了半天假，提早前往光化門廣場，想不到卻還是沒占到好位置。人多得不可思議，竟然有那麼多人同時屏息、歡呼、感嘆、唱歌。安貞桓踢進逆轉的決勝一球時，她和不認識的人們抱成一團，激動地哭了。J小姐、兩個姊姊和廣場上滿滿的陌生人，好像都有些瘋狂。回頭來看，這是愉快又奇特的經驗。

現在，三個人都住在不同的地區，做著不同的工作，環境、生活也和之前不一樣，各自因不同的理由忙碌，不過還是會一年見一、二次面，分享彼此的事。去年年初，相隔了十五年，三人再次在光化門廣場見面了。這次不是因為快樂的事，而是基於憤怒的情緒集結，手上拿的不是加油道具，而是燭光。就和二〇〇二年的那天一樣，人潮多得令人難以置信。這麼多人，同時屏息、歡呼、嘆氣和唱歌。

開放給每個人的廣場，自行聚集的人們，同樣的想法和目的，同樣的聲音。站在廣場上，她有種激動之情，奇怪的是內心感到不太自在。不曉得該如何表達這種感覺。若要找出最類似的詞彙，應該是愧疚感。活著也不曾發光發熱，即使有過煩惱、懷疑，卻不曾質問過。現在是和平的時代，但畢竟經濟困難，生活本身就夠忙碌了……雖然內心浮現這些藉口，可是在J小姐心中的某個角落，依然沉重。

⦶

實際上，J小姐就是我。也是我最親密的朋友，是很久以前斷了音訊的同學，是彼此叫喚孩子名字、年齡相仿的鄰家媽媽。

回想起小時候，有種浪漫情懷。雖然我們家境清寒，但整個世界並不貧窮。人們是自由的，充滿自信，也有閒情逸致，「養生」成了流行語。從國民政府時期到參與政府時期❶，我就讀大學，出社會工作，當時的社會氣氛也稱不上死板僵化、受到壓抑。

❶國民政府，指金大中執政時期（一九九八至二〇〇三年）；參與政府，指盧武鉉執政時期（二〇〇三至二〇〇八年）。

然而如今，追求「CP值」、「低廉」成為趨勢；大眾的聲音被政治權力阻擋，社會氛圍變得傾向於厭惡跟貶低；只要能過得好，道德標準可以被無限下放；不僅如此，這幾年來，有太多人死去。

我四十歲了。有人說，超過四十歲，就要對自己的長相負責，因為一個人的面貌會根據至今為止所過的生活、態度和價值觀而改變。不只是自己的臉，也要對環繞著自己的世界負責。我的生活、態度和價值觀，會改變身邊的人與組織，進而改變社會。

我想成為負責的大人。

她的
名字 是

그녀 이름은

作者　趙南柱（조남주）
譯者　張琪惠
總編輯　汪若蘭
執行編輯　陳思穎
行銷企畫　高芸珮
封面設計　Ancy Pi
版面構成　賴姵伶
發行人　王榮文
出版發行　遠流出版事業股份有限公司
地址　臺北市南昌路 2 段 81 號 6 樓
客服電話　02-2392-6899
傳真　02-2392-6658
郵撥　0189456-1
著作權顧問　蕭雄淋律師
2019 年 3 月 1 日　初版一刷
2019 年 9 月 20 日　初版四刷
定價新台幣 310 元
有著作權・侵害必究 Printed in Taiwan
ISBN　978-957-32-8472-7
遠流博識網 http://www.ylib.com E-mail: ylib@ylib.com
（如有缺頁或破損，請寄回更換）

Her Name Is
By Cho, Nam Joo (趙南柱)
Copyright © 2018 by Dasan Books Co., Ltd.
All rights reserved.
Complex Chinese language edition © 2019 by Yuan-Liou Publishing Co., Ltd.
Complex Chinese language edition is published by arrangement with Dasan Books Co., Ltd through Pauline Kim Agency.

This book is published with the support of
Publication Industry Promotion Agency of Korea (KPIPA).

國家圖書館出版品預行編目 (CIP) 資料

她的名字是 / 趙南柱著 ; 張琪惠譯 . -- 初版 . -- 臺北市 : 遠流 , 2019.03
面 ;　公分
ISBN 978-957-32-8472-7(平裝)
862.57　　108001882